Günter Huth

Der *Schoppenfetzer* und die Bacchus-Verschwörung

Günter Huth wurde 1949 in Würzburg geboren und lebt seitdem in seiner Geburtsstadt. Er kann sich nicht vorstellen, in einer anderen Stadt zu leben. Von Beruf ist er Rechtspfleger (Fachjurist). Günter Huth ist verheiratet und hat drei Kinder.
Seit 1975 schreibt er in erster Linie Kinder- und Jugendbücher sowie Sachbücher aus dem Hunde- und Jagdbereich. Außerdem veröffentlichte er zahlreiche Kurzerzählungen. In den letzten Jahren hat sich Günter Huth vermehrt dem Genre »Krimi« zugewandt und bereits einige Kriminalerzählungen veröffentlicht. 2003 kam ihm die Idee für einen Würzburgkrimi. Der Autor ist Mitglied der Kriminalschriftstellervereinigung *Das Syndikat.*

Die Handlung und die handelnden Personen dieses Romans sind frei erfunden. Jede Ähnlichkeit mit toten oder lebenden Personen oder Persönlichkeiten des öffentlichen Lebens ist nicht beabsichtigt und rein zufällig.

Günter Huth

Der *Schoppenfetzer* und die Bacchus-Verschwörung

Der achte Fall des Würzburger
Weingenießers Erich Rottmann

Buchverlag Peter Hellmund

Der einachsige Henkerskarren mit dem Verurteilten auf der strohbedeckten Ladefläche hatte das Sandertor, das südliche Stadttor von Würzburg, erreicht. Der alte Apfelschimmel, dessen Ohren gegen die lästigen Fliegen mit schwarzen Ohrenschützern überzogen waren, blieb gehorsam stehen, als der Knecht des Scharfrichters die Zügel anzog. Der Torwächter warf einen flüchtigen Blick auf die jämmerliche Gestalt auf dem Karren, dann winkte er das Gefährt durch.

Der Henker, der mit einer schwarzen Kopfhaube mit Sehschlitzen und einem gleichfarbigen Umhang bekleidet war, stapfte mit weitausholenden Schritten dem Wagen voran. Zwei seiner Knechte gingen neben ihm. Der Verurteilte auf dem Schinderkarren war Würzburger Bürger und daher in der Stadt hinzurichten.

Gebete murmelnd schritt ein Benediktinermönch dicht hinter dem Gefährt her. In einigem Abstand folgten die Richter, die das Urteil gesprochen hatten, und andere Gerichtspersonen. Außerdem wurde der Zug von zwanzig Soldaten des Fürstbischofs eskortiert, denn der Verurteilte war kein gewöhnlicher Verbrecher. Es handelte sich um eine Person von Stand, die in einem Prozess, der weit über die Stadtgrenzen hinaus bei der Bevölkerung großes Aufsehen erregt hatte, verurteilt worden war.

Die meisten Menschen am Straßenrand wichen dem Zug schnell aus. Das Kreuzzeichen schlagend, verdrückten sie sich in eine der zahlreichen Seitengassen. Sie wollten mit dem Menschen, der als Anhänger des Teufels verurteilt worden war, nichts zu tun haben. In dieser Zeit bedurfte es nur der Denunziation eines missliebigen Nachbarn und schon war jener selbst als angesehener Bürger wegen Hexerei angeklagt. Leugnete der Angeklagte, dann kam er vor den Henker, der ihn mit Folterwerkzeugen so lange quälte, bis er ein Geständnis hatte. Das war fast immer der Anfang eines grausamen Endes.

Einige Schaulustige konnten dieser Art morbider Sensationsgier nicht widerstehen und blieben stehen oder folgten dem Zug.

Die kirchliche Inquisition hatte den Mann auf dem Karren der schweren Gotteslästerung, des Mordversuchs und der Hexerei im Verbund mit dem Teufel für schuldig befunden und ihn zwei Tage zuvor dem weltlichen Gericht zur Verurteilung übergeben. Dieses zögerte zunächst, die höchste Strafe auszusprechen, die für derartige Verfehlungen vorgesehen war. Immerhin handelte es sich bei dem Angeklagten um den Freiherrn Gunther von Wolfenstein, seines Zeichens Wundarzt und Medicus im Dienst des Fürstbischofs.

Ihm war vorgeworfen worden, seinen Herrn mit verhexten Mixturen aus giftigen Traubenkernen ums Leben bringen zu wollen. Dabei habe er sich der Hilfe des Teufels versichert und diesem dafür seine Seele verschrieben. Der hohe Herr habe nach Einnahme einer bestimmten Tinktur, die er im Vertrauen auf die Kunst des Arztes zu sich genommen hatte, schweres Unwohlsein, Atemnot und schwerste Verdauungsstörungen erleiden müssen. Tagelang war er nicht vom Abort gekommen. Dies alles nur, weil er seinem Arzt vertraut hatte, der ihm versichert hatte, dass dieses spezielle Mittel nur aus zerstoßenen Traubenkernen bestünde, die aus einem nur ihm bekannten Weinberg bei Würzburg stammten. Vermischt mit Wein, sollten sie das Leben des Fürstbischofs verlängern und seinem Geist bis ans Ende seiner irdischen Tage jugendliche Frische verleihen.

Auf diskrete Nachfrage des Gerichts beim hohen Herrn auf der Feste Marienberg, ob man den Angeklagten gnädig behandeln solle, hatte Julius Echter verlauten lassen, dass von Wolfenstein das gleiche harte Urteil wie den anderen Angeklagten, die der Hexerei überführt worden waren, zuteil werden solle. Julius Echter von Mespelbrunn war ein strenger, gottesfürchtiger Mensch, der beseelt war von dem Sendungsbewusstsein, die Stadt und das Hochstift ohne Ansehen von Stand und Rang aus den Klauen des Teufels zu befreien.

Für die Straftaten, deren man den Angeklagten für schuldig befunden hatte, gab es nur einen Urteilsspruch: Tod durch das Feuer auf dem Scheiterhaufen.

Dieses Urteil sollte jetzt auf dem Sanderrasen vollstreckt werden, wo solche Hinrichtungen häufig stattfanden. Der Platz war von der Stadt ausgewählt worden, weil er sich außerhalb der Stadtmauern befand und bei der herrschenden Trockenheit der Funkenflug des Feuers keine Gefährdung für die Bürgerhäuser darstellte. Außerdem kam der Wind die meiste Zeit aus Westen, so dass der Gestank der verbrennenden Körper nicht bis in die Stadt drang.

Gunther von Wolfenstein trug seine gewöhnliche Kleidung. Man wollte nicht, dass die Bevölkerung durch übertrieben dargestelltes Elend auch noch Mitleid mit den Verurteilten empfand. Alles sollte reibungslos seinen Gang gehen. Er stand aufrecht auf dem Karren. Nachdem ihm der Henker die Folterwerkzeuge gezeigt und ihre schreckliche Funktion mit deutlichen Worten erläutert hatte, war der Leibarzt des Fürstbischofs zusammengebrochen und hatte ein Geständnis abgelegt. Dadurch war ihm die schwere Folter erspart geblieben.

Trotz seiner körperlichen Unversehrtheit wirkte er, als würde er die Vorgänge um ihn herum kaum wahrnehmen. Man hatte ihm ein reichliches Henkersmahl serviert mit einer großzügigen Menge Wein. Sein vom Alkohol vernebelter Verstand ließ ihn die Umgebung nur verschwommen wahrnehmen.

Vereinzelte Umstehende riefen Schmähworte, auf die der Todeskandidat nicht reagierte. Die Rufe erstarben jedoch schnell unter den grimmigen Blicken der Soldaten.

Als der Zug das Tor passiert hatte, öffnete sich den Männern rechter Hand der Blick auf die Feste Marienberg, wo hoch über dem Main der Fürstbischof residierte.

„Dass Sie einen von Wolfenstein auch auf den Scheiterhaufen schicken, das wundert mich schon sehr", flüsterte Ida Krüglein ihrer Nachbarin Magdalena Röhrig ins Ohr. Die beiden Frauen waren auf dem Weg zum Markt gewesen, als ihnen der Henkerskarren entgegenkam. Aus Neugierde schlossen sie sich dem Tross der Schaulustigen an. Hinrichtungen hatten auch immer einen gewissen Unterhaltungswert.

„Er soll dem hochwürdigsten Herrn den Wein verhext haben. Der gnädige Herr soll tagelang nicht mehr vom Abort heruntergekommen sein", erwiderte Magdalena ebenso leise. „Nur durch Gebete und eine Besprechung durch seinen Beichtvater soll der Teufel vertrieben worden sein." Ihr Mann war als Büttel bei der Stadt angestellt und häufig bei Gerichtsverhandlungen dabei. Daher war sie immer bestens informiert.

„Wenn es danach ginge, müssten wohl einige Winzer auf dem Scheiterhaufen landen. Wir haben letztes Jahr einen Wein gekauft, der meinem Mann und mir erhebliche Leibschmerzen verursacht hat. Weiß der Teufel …" Sie zuckte zusammen und drehte sich um. Niemand hatte sie gehört. „… weiß der Himmel, was da alles reingepanscht war." Sie winkte ab, dann wechselte sie wieder das Thema: „Warum brennen sie ihn eigentlich auf dem Sanderrasen und nicht vor der Marienkapelle?"

Magdalena fühlte sich sehr wichtig und gab gern Auskunft. „Der Rat hat angeordnet, dass während der herrschenden

Trockenheit nur noch vor der Stadt gebrannt werden darf. Sie wollen damit verhindern, dass durch den Funkenflug ein Feuer ausbricht.“

Ida nickte. Vor Feuer hatten die Menschen in den Städten großen Respekt. Eine Feuersbrunst konnte innerhalb kürzester Zeit eine ganze Stadt vernichten.

Mittlerweile hatte der Zug die Hinrichtungsstätte erreicht. Schon aus einiger Entfernung konnte die stark angewachsene Menschenmenge den vorbereiteten Scheiterhaufen sehen. Daneben waren schwarze Aschehaufen, die Überreste früherer Verbrennungen, zu erkennen.

Wie auf einen geheimen Befehl blieb die Menge in einiger Entfernung stehen, während der Henkerskarren weiterrollte. Als er zum Stillstand kam und die Henkersknechte den Mann vom Karren zerrten, ging ein Raunen durch die Zuschauer. Sie waren enttäuscht, dass das Geschehen ganz unspektakulär und ohne Widerstände des Hinzurichtenden vonstatten ging. Unter der Aufsicht des Scharfrichters wurde Gunther von Wolfenstein von den Gehilfen auf den Scheiterhaufen geschleppt und mit Ketten an einem Pfahl festgebunden. Noch immer zeigte er keine Reaktion.

Der Scharfrichter gab seinen Gesellen einen Wink, dann erkletterte er ebenfalls den Scheiterhaufen. Er schien die Ketten zu prüfen, mit denen der Mann am Pfahl befestigt war. Da auch die Knechte noch herumstanden, konnten die Schaulustigen nicht richtig erkennen, was genau er tat. Als die Männer dann der Reihe nach von dem Holzstoß herunterstiegen, hing der Verurteilte merkwürdig schlaff in den Ketten. Offensichtlich hatte er das Bewusstsein verloren. Nur der Henker und seine Knechte wussten, dass der Bruder des Verurteilten nach inständigem Bitten beim Fürstbischof doch noch einen kleinen Gnadenerweis erwirkt hatte. Mitten in der Nacht, damit er nicht gesehen wurde, hatte er daraufhin den Scharfrichter aufgesucht und ihm einen Beutel mit Münzen in die Hand gedrückt. Verbunden mit der Bitte, seinem Bruder die Qualen einer Verbrennung zu ersparen. Der Betrag war zufriedenstellend, so dass der Scharfrichter, als er so tat, als würde er die Ketten des Verurteilten kontrollieren, dem Mann mit einem gekonnten Griff das Genick gebrochen hatte.

Der mit Pech getränkte Scheiterhaufen fing schnell Feuer und schon nach wenigen Augenblicken war der Körper des Verurteilten in dichte Rauchwolken eingehüllt, so dass nichts mehr zu erkennen war. Kurz darauf schlugen die rotgelben Flammen hoch über Gunther von Wolfenstein zusammen und taten ihr vernichtendes Werk.

Auf dem Platz herrschte eine gespenstische Stille. Nur das laute Knacken der brennenden Holzscheite war zu hören und trieb den Zuschauern eiskalte Schauer über den Rücken.

Da es nun nichts mehr zu sehen gab, verlief sich die Menschenmenge schnell und die schaulustigen Bürger von Würzburg gingen wieder ihrer Arbeit nach, begleitet von der unterschwelligen Angst, dass der Antichrist ständig unter ihnen weilte. Über der Stadt am Main lasteten die dunklen Wolken des Hexenwahns und der Teufelsangst.

Der Mann setzte sich auf seine Kawasaki und verließ den Hof seines Kumpels Richard, von allen nur Richie genannt, und fuhr in Richtung Retzstadt. Richie hatte ein Verschrottungsunternehmen und handelte außerdem mit Gebrauchtwagen. Der Deal, den der Motorradfahrer gerade mit Richie abgeschlossen hatte, würde diesem ein ordentliches Zubrot einbringen. Sein Plan war nahezu genial. Er musste grinsen. Als die Bundesregierung die Abwrackprämie für Altautos beschlossen hatte, war bestimmt keinem der Befürworter in den Sinn gekommen, dass sie auch auf ganz andere Weise genutzt werden konnte. Richie hatte nicht lange nachgefragt, als der Mann von ihm wissen wollte, ob er sich eines der abgemeldeten Fahrzeuge ausleihen könne. Für einen Umschlag mit Euroscheinen hätte Richie noch ganz andere Dinge verliehen.

Der Motorradfahrer fuhr zügig durch die Ortschaft, bis er nach dem Ortsschild auf den Hof eines Anwesens abbog, wo er die Maschine unterstellte, wenn er sie nicht benötigte. Dieses Motorrad, das er erst vor kurzem gekauft hatte, war nur für spezielle Zwecke bestimmt und sollte daher nicht für jeden erkennbar draußen stehen. Wenn alles vorüber war, würde er es wieder abstoßen. Er schob die Maschine in die muffige, baufällige Scheune, bockte sie auf, zog seine Motorradkluft aus und steckte sie in einen Rucksack. Dann schlüpfte er in einen sportlichen Radfahrerdress. An der Scheunenwand lehnte ein Mountainbike. Er prüfte den Luftdruck der Reifen, denn am nächsten Morgen kurz vor Sonnenaufgang wollte er damit in den Wald fahren, wo er sich nach Durchführung seines Planes mit Richie treffen wollte. Mit den Reifen war alles in Ordnung. Er setzte den Rucksack auf und schwang sich auf den Sattel. Nach kurzer Fahrt kam er auf die asphaltierte Straße und trat dort kräftig in die Pedale.

Obwohl er gerade dabei war, den Tod eines Menschen zu planen, war er erstaunlich ruhig. Diese Abgeklärheit rührte daher, dass er einige Jahre lang als Söldner an den Kriegsschauplätzen dieser Welt gekämpft hatte.

Kurze Zeit später bog der Mann in einen Feldweg ein. Von hier aus führte ein leicht gewundener Weg ständig bergauf. Als er die Anhöhe mit dem großen Kreuz erreicht hatte, ging sein Atem etwas schneller, doch war er keineswegs atemlos. Der Rest des Weges verlief durch Weinberge ständig bergab. Eine halbe Stunde später erreichte er das Haus seiner Mutter.

Innerlich beglückwünschte er sich zu seinem Plan. Er hatte ihn fast ein Dutzend Mal durchdacht. Es konnte einfach nichts schiefgehen.

Einige Tage darauf kam der alleinstehende Rentner Axel Fuller aus dem Weindorf Retzstadt in Unterfranken bei einem tragischen Verkehrsunfall ums Leben. Fuller war Winzer und Besitzer einiger Weinberge, die er bis auf einen verpachtet hatte. Mit dem Weinberg, den er noch selbst bewirtschaftete, hatte es eine besondere Bewandtnis. Obwohl in diesem Wengert nur wenige Zeilen in steiler Hanglage wuchsen, war er mehr wert als seine übrigen Weinberge zusammen. Durch Zufall hatte er vor Jahren herausgefunden, dass dieser Weinberg ein Geheimnis barg, das er nur wenigen Männern im Dorf anvertraut hatte. Die Winzer hatten die Besonderheit dieses Weinbergs erkannt und in Gedenken an den Weingott Bacchus, dem sie ihrer Meinung nach dieses Geschenk verdankten, den Bund der *Bacchus-Brüder* gegründet. Sie hatten sich geschworen, das Geheimnis des Weinbergs unter allen Umständen zu wahren. Doch schon nach kurzer Zeit war bei einigen Mitgliedern der Bruderschaft der Wunsch nach einer kommerziellen Nutzung des Gottesgeschenks aufgekommen. Das hatte zum Streit geführt, infolgedessen sich jene Winzer vom ideellen Zweig der Bruderschaft abspalteten und sich fortan *Retschter Bacchus-Bruderschaft* nannten.

Fuller saß nun zwischen zwei Stühlen. Einerseits wollte er das wunderbare Geheimnis wahren, auf der anderen Seite sah er aber auch ein, dass man ein solches Geschenk des Bacchus allen Menschen kostenlos zur Verfügung stellen sollte. So traf er in seinem Testament eine Regelung, die er allerdings für sich behielt. Wenn er darauf angesprochen wurde, wie er sich die Zukunft seines besonderen Weinbergs vorstellte, erklärte er nur, dass er eine für alle Parteien zufriedenstellende Regelung getroffen habe.

Ein baldiges Ableben von Fuller war nicht zu befürchten gewesen, denn der alte Winzer war dank Bacchus' Geschenk topfit. Schon seit Jahren trainierte er täglich kurz nach Sonnenaufgang in den Fluren der Gemeinde für den Würzburg-Marathon. Fuller rechnete sich gute Chancen aus, in seiner Altersgruppe auf einen der vorderen Plätze zu kommen.

Bei seinem letzten Trainingslauf hatte er wie üblich die Verbindungsstraße zwischen Retzbach und Retzstadt bei der Einmündung zum Bendelsgraben überquert, um auf der anderen Seite des Grundes die Höhen des Langenbergs zu erlaufen. Fuller trug bei seinem Training stets Köpfhörer im Ohr, weil er beim Laufen gerne Country-Musik hörte, deren Rhythmus ihm zusätzlichen Schwung verlieh. Um diese frühe Zeit war auf der

Verbindungsstraße praktisch kein Verkehr, so dass er nicht sonderlich aufmerksam war.

Der starke Geländewagen tauchte so plötzlich auf, dass Fuller keine Chance hatte zu reagieren. Mit hoher Geschwindigkeit kam das Fahrzeug aus Richtung Retzbach herangerast. Fuller wurde von dem massiven Frontbügel des Wagens mit voller Wucht erfasst und mehrere Meter weit in eine angrenzende Wiese geschleudert. Er war auf der Stelle tot.

Der Fahrer des Geländewagens fuhr mit kaum verminderter Geschwindigkeit weiter. Erst am Ortsschild Retzstadt wurde er langsamer. Kurz nach dem Dorf, in Richtung Gramschatz, stand rechts in einem Waldweg ein Abschleppfahrzeug. Die Laderampe des Lkw war ausgefahren. Der Geländewagen hielt an, der Fahrer sprang hinter dem Steuer hervor, öffnete den Gepäckraum und zog ein Mountainbike heraus. Er lehnte es gegen einen Baum, dann stieg er wieder ein und steuerte den Wagen auf die Ladefläche. Er und der Lenker des Abschleppwagens zurrten das Geländefahrzeug mit wenigen Handgriffen fest, dann zogen sie eine Abdeckplane über den Wagen und die Rampe wurde eingefahren.

Der Geländewagenfahrer zog einen Umschlag aus der Tasche und übergab ihn dem Abschlepper. Dieser warf einen prüfenden Blick hinein und nickte zufrieden. Er stieg in die Fahrerkabine des Lkw und wendete. Schon nach kurzer Zeit verlor sich die Spur des Abschleppfahrzeugs auf den Straßen Unterfrankens. Der Geländewagen überlebte die Nacht nicht. Als handliches Metallpaket kam er drei Stunden später aus Richies Schrottpresse.

Wenig später ärgerte sich der Jäger Fritz Stangl, der sich in diesen nächtlichen Stunden auf der Pirsch in den Wäldern auf den Höhen rund um Retzstadt befand, über einen verrückten

Mountainbiker, der „wie ein Gestörter", wie er schimpfte, an seinem Hochsitz vorüberraste und ihm den Ansitz damit gründlich verdarb.

Der Tote in der Wiese wurde erst eine Stunde nach dem Unfall entdeckt, als sich ein Retzstadter Bürger früh auf den Weg zur Arbeit machte. Gegen den unbekannten Fahrer des Unglückswagens wurde von der Polizei ein Ermittlungsverfahren wegen Fahrerflucht und fahrlässiger Tötung eingeleitet. Aufgrund der am Unfallort vorhandenen Spuren konnte die Polizei feststellen, dass es sich bei dem Tatfahrzeug um einen Geländewagen gehandelt hatte. Auch den Typ des Geländewagens konnte man wenig später feststellen, und es wurde ein entsprechender Fahndungsaufruf eingeleitet, der aber ergebnislos verlaufen sollte.

Da für das Verfahren gegen den flüchtigen Fahrer die genaue Todesursache und der Todeszeitpunkt festgestellt werden mussten, wurde Alex Fuller im Institut für Rechtsmedizin obduziert. Wie immer, wenn der obduzierende Pathologe eine Leichenöffnung vornahm, las er zuerst die Einlieferungspapiere durch. Als er dann das weiße Leinentuch von dem Körper des Toten entfernt hatte, konnte er nicht glauben, was er sah. Vor ihm lag der durchtrainierte Körper eines wohlgenährten Mannes im besten Alter und in einer sehr guten körperlichen Verfassung. Auch die spätere Untersuchung der inneren Organe des Toten entsprach dieser Einschätzung. Mehrmals vergewisserte sich der Mediziner anhand der Papiere, dass er sich nicht getäuscht hatte. Aber die Unterlagen ergaben eindeutig, dass Fuller zum Zeitpunkt seines Ablebens über siebzig Jahre alt war. Man musste jetzt nicht unbedingt von einem medizinischen Wunder sprechen, es war aber doch so ungewöhnlich, dass der Pathologe seine Kollegen zu sich rief und ihnen den Toten präsentierte. Diese nahmen den Zustand von Fullers Leichnam ebenfalls mit Erstaunen zur Kenntnis. Eine sofort veranlasste Überprüfung der Angaben auf den Papieren ergab, dass kein Amtsversehen vorlag. Da hier ein über das Interesse der Staatsanwaltschaft an der genauen Todesursache hinausgehendes wissenschaftliches Interesse der Pathologen vorlag, wurden die entnommenen feingeweblichen Proben der Organe einer besonders gründlichen Untersuchung unterzogen. Dabei stellte man eine große Menge einer in den Zellen eingelagerten Substanz fest, die den Wissenschaftlern einige Rätsel aufgab. Diese Substanz war nicht toxisch, so viel stand fest. Sie musste sich über einen langen Zeitraum in den Zellen des Toten eingelagert haben. Trotz dieser merkwürdigen Umstände wurde der Leichnam Fullers schließlich zur Bestattung freigegeben, allerdings nicht, ohne vorher entsprechende Proben sicherzustellen.

Das Ergebnis der Untersuchung ließ dem Pathologen keine Ruhe. Er schickte die Gewebeproben nach langen Überlegungen an einen Studienfreund nach Moskau. Dieser war Chemiker in einem bekannten Pharmaunternehmen Russlands. Er arbeitete dort in der Entwicklungsabteilung, die über ungleich feinere Untersuchungsmöglichkeiten verfügte und der ein fast unbegrenztes Budget zur Verfügung stand. Dieser Weg hatte zudem den Vorteil, dass von dem Befund vorerst kein deutsches Labor erfahren würde.

Der Pathologe hatte das Gefühl, hier etwas ganz Besonderem auf der Spur zu sein.

Es war in der Nacht nach dem Todestag von Axel Fuller, als sich eine dunkel gekleidete, kräftige Gestalt dem Anwesen des Verstorbenen näherte. Dieses grenzte direkt an den Waldrand, so dass die Person ungesehen den niedrigen Jägerzaun überwinden konnte. Als sie wenig später den Hintereingang des Hauses erreicht hatte, stellte sie fest, dass die Tür nicht abgeschlossen war. Der Verstorbene war ein sehr vertrauensseliger Mensch gewesen.

Der Eindringling schob die Tür langsam auf. Plötzlich ertönte ein lautes Gepolter. Erschrocken wollte er, einem ersten Impuls folgend, flüchten, riss sich aber zusammen. Er ließ eine kleine Taschenlampe aufleuchten und erkannte einen Besen, der offenbar hinter der Tür angelehnt gestanden hatte. Aufatmend wischte sich der Eindringling den Schweiß von der Stirn. Er überlegte kurz, wo er zuerst nachsehen sollte, und entschied sich für das Wohnzimmer. Kaum hatte er die Schwelle zum Wohnraum überschritten, bekam er einen harten Schlag auf den Kopf und brach bewusstlos zusammen.

Eine in einen schwarzen, eng anliegenden Trainingsanzug gekleidete männliche Gestalt verstaute mit einem zufriedenen Lächeln auf den Lippen den mit Leder umwickelten Totschläger in der Jackentasche. Die Warnvorrichtung in Form des Besens hatte bestens funktioniert. Kurz musterte der Mann das Gesicht seines Opfers im schwachen Schein seiner kleinen Taschenlampe. Ein leiser Pfiff kam über seine Lippen. Er kannte den Mann. Nach einer kurzen Überprüfung des Pulsschlags des Niedergeschlagenen nickte er zufrieden. Sicher würde dieser am nächsten Tag ziemliche Kopfschmerzen haben, aber außer einer großen Beule würde er keinen Schaden davontragen.

Der Mann machte sich im Schein seiner Taschenlampe weiter an die Untersuchung eines Faches im Wohnzimmerschrank, in dem zahlreiche persönliche Papiere aufbewahrt wurden. Das schwache Schloss hatte wenig Widerstand geleistet. Einige Minuten später hielt der Eindringling einen Umschlag mit der Aufschrift „Mein Testament“ in der Hand. Zufrieden grunzte er.

Nachdem er alle Sachen an ihren Platz zurückgelegt hatte, verschloss er den Schrank wieder, schob den Umschlag vorn in seinen Gürtel und eilte zum Hinterausgang. Auf dem Weg blieb er kurz bei dem Niedergeschlagenen stehen. Einen Augenblick überlegte er, ob er ihm nicht doch das Genick brechen sollte. Dann sah er davon ab. Es gab keine Notwendigkeit. Eine weitere Leiche hätte außerdem zu viel Unruhe ins Dorf gebracht.

Ohne Probleme erreichte er den Waldrand und tauchte in die Finsternis des Baumbestandes ein. Kaum hatte er ein paar Meter zurückgelegt, erahnte er von rechts eine Bewegung. Dennoch kam seine Abwehrreaktion zu spät. Der harte Gegenstand traf ihn voll im Genick. Mit einem leisen Ächzen ging er zu Boden.

Sprungbereit blieb die Frau, die den dicken Buchenast geführt hatte, stehen. Doch der Niedergeschlagene rührte sich nicht. Die Angreiferin drehte den am Boden liegenden Mann mit dem Fuß auf den Rücken. Dabei entdeckte sie das im Gürtel steckende Kuvert. Mit einem leisen Lachen nahm sie den Umschlag an sich. Sie vergewisserte sich kurz, dass es sich um die Unterlagen handelte, deretwegen sie hier war. Dann drehte sie sich um und verschwand als dunkler Schatten zwischen den Bäumen. Ihr Auftraggeber würde mit ihr zufrieden sein.

Es war kurz vor elf Uhr. Erich Rottmann und sein treuer Vierbeiner Öchsle standen an der Juliuspromenade an der Omnibushaltestelle der Linie 6 in Richtung Gartenstadt. In einer dicht gedrängten Menschenansammlung warteten sie auf den verspäteten Bus. Der ehemalige Leiter der Würzburger Mordkommission hatte sich mit einigen Bekannten und ihren Hunden auf den Weinbergshöhen verabredet, damit Öchsle wieder mal mit Artgenossen richtig herumtoben konnte. Bei dieser Gelegenheit würde der Weinkenner gleich den Stand der diesjährigen Reben begutachten, die dort an den Hängen zum Maintal gediehen.

Vor einigen Monaten war von den Würzburger Verkehrs- und Versorgungsbetrieben die Regel eingeführt worden, dass die Fahrgäste nur noch vorn in die Busse einsteigen durften. Diese Maßnahme sollte die wegen der vielen Schwarzfahrer drohende Totalpleite abwenden. Den Busfahrern hatte man damit die machtvolle Aufgabe der Fahrkartenkontrolle übertragen. Die Folge war, dass, je nach Auslegung dieser Regel durch den jeweiligen Chauffeur, vorn nur eine oder auch beide Türflügel zum Einsteigen geöffnet wurden – mit der weiteren Folge, dass sich mehr oder weniger lange Schlangen vor dieser trichterartigen Schleuse bildeten.

Da die aufmüpfigen Unterfranken in dieser Situation beileibe nicht die Gelassenheit der Engländer besaßen, kam es dabei immer wieder zu Spannungen. Auch jetzt, obwohl der Bus noch gar nicht da war, versuchten verschiedene Wartende in der Menge sich durch gezieltes Nach-vorne-Stehlen eine möglichst günstige Position für das Einsteigen zu ergattern. Andere bemerkten dies und unterbanden es, indem sie sich in den Weg stellten.

Öchsle war ebenfalls nervös, denn er wurde ständig gestoßen und hatte Mühe, seine Pfoten in Sicherheit zu bringen. Endlich kam der Gelenkbus angerauscht und der Fahrer öffnete eine Zugangspforte. Die Menschen drängten in den Bus, wobei sie im Vorübergehen ihre Fahrausweise vorzeigten. Plötzlich kam die Reihe ins Stocken.

„Können Sie nicht die andere Tür auch aufmachen", bat eine korpulente Frau, die mit zwei vollen Einkaufstaschen unterwegs war. „Ich habe bei dem engen Eingang Probleme durchzukommen."

Der Fahrer warf einen ärgerlichen Blick auf die Uhr, dann drückte er auf einen Knopf und der zweite Türflügel öffnete sich zischend. „Ich hätt halt noch a paar Tüte mehr mitgenomme", brummte er leise vor sich hin. Trotzdem wurde es von einigen Leuten, auch der Betroffenen, gehört. Sie bekam einen roten Kopf.

„Jetzt awwer a weng flott des Ganze", forderte der Buslenker laut. „Ich hab scho genuch Verspätung." Die Frau quälte sich durch den Eingang, dann stellte sie vor dem Fahrer ihre Taschen ab, um den Fahrausweis aus der Jackentasche zu kramen. „Flott hab ich gsacht, sonst komme mer heut überhaupt nimmer vom Fleck!"

„Aber ich hatte doch die Hände voll", warf die Frau ein. Sie hielt ihren Fahrschein in die Höhe. Der Fahrer warf kaum einen Blick darauf und winkte sie ärgerlich weiter.

Erich Rottmann war der Letzte in der Reihe. Als er vor dem Busfahrer stand, sagte er gemütlich: „Einmal Herr mit Hund bis Endstation. Was kost des mit a bissle Freundlichkeit als

Zugabe?“ Dabei kramte er sehr umständlich seinen Geldbeutel aus der Gesäßtasche seiner Breitcordhose.

„Freundlichkeit! Freundlichkeit!“, schimpfte der Fahrer. „Mir solle die Leut kontrollier und dann solle mer a no pünktlich sei. Also, rei jetz!“ Hinter Rottmann schloss sich zischend die Tür, so knapp, dass ihm fast der Hintern eingezwickt worden wäre. Gleichzeitig gab der Fahrer mächtig Gas. Rottmann wurde so heftig gegen die Absperrung zum Fahrgastraum geschleudert, dass er fast gestürzt wäre.

„Ja, sind Sie noch zu rette?“, grollte er. „Ich wäss nit, ob des Ihne uffgfalle is, awwer Sie fahre Mensche und ke Schweinehälfte vom Schlachthof!“

„Mecht zwäfuchzich“, knurrte der Fahrer, Rottmanns Bemerkung ignorierend, während er zügig in die Theaterstraße einbog und nebenbei die Fahrkarte für Rottmann aus dem Automaten neben seinem Sitz zog.

Ehe Rottmann den geforderten Fahrpreis umständlich aus seinem Geldbeutel herausgefischt hatte, trat der Fahrer schon wieder heftig auf die Bremse. Rottmann wurde diesmal in Richtung Frontscheibe geschleudert.

„Ja, verdammt …“, schimpfte er. Als er sich wieder gefangen hatte, warf er beiläufig einen Blick aus dem Fenster. Kurz vor der Einmündung Semmelstraße hatte sich an der Ampel eine Fahrzeugschlange gebildet, die trotz der Grünphase nicht von der Stelle kam. Der Grund war eine größere Menschenansammlung, die die gesamte Theaterstraße versperrte. Alle Leute starrten, teilweise wild gestikulierend, hinauf zum Glockenspiel des Bürgerspitals zum Heiligen Geist. Trotz des Motorgeräusches des Busses konnte Rottmann deutlich die Glocken hören, die gerade das Kilianslied zum Besten gaben. Er warf einen flüchtigen Blick auf seine Armbanduhr. Kurz nach elf Uhr. Rottmann wusste, dass sich immer wieder kleinere Zuschauergruppen bildeten, wenn das Glockenspiel mehrmals am Tag in Gang gesetzt wurde. Dieser Menschenauflauf da vorne war aber höchst ungewöhnlich.

Wütend starrte der Busfahrer aus dem Fenster, dann griff er zum Funkgerät und meldete den Zwangsaufenthalt an die Zentrale weiter. Währenddessen wurden die ersten Fahrgäste unruhig und murrten. Einige verlangten aussteigen zu dürfen, andere standen von ihren Plätzen auf, um besser durch die Scheiben nach vorne sehen zu können.

Der Fahrer gab ein unfreundliches Knurren von sich, dann drückte er zwei Knöpfe und die Türen des Busses öffneten sich mit einem Zischen. Ein ganzer Schwung Fahrgäste verließ das Fahrzeug. Rottmann stieg ebenfalls aus. Die Neugierde des ehemaligen Kriminalbeamten war geweckt.

Öchsle wirkte erleichtert und tänzelte fröhlich um seinen Menschen herum. Die Enge im Bus war ihm nicht geheuer gewesen.

Erich Rottmann bewegte sich langsam durch die Menschenmenge und sah dabei ebenfalls nach oben. Dabei überlegte er, was er über das Glockenspiel wusste. Wenn er sich richtig erinnerte, wurden 1956 am Giebel des Verbindungsbaus zwischen Spitalkirche und dem eigentlichen Spitalgebäude eine Uhr und 13 Glocken um die gemalten Frankenapostel angebracht. Dargestellt ist dort der Missionsbischof St. Kilian mit seinen Gefährten, die um 689 in Würzburg für ihren Glauben gestorben waren. Während die Glocken das Kilianslied spielen, ziehen Wallfahrerfiguren an den Heiligen St. Kilian, St. Kolonat und St. Totnan vorbei. Anschließend schlägt eine weiße Taube dreimal mit den Flügeln. Zum Lied *Die Würzburger Glöckli* drehen sich die Figuren eines Winzerzuges gleichfalls um die Frankenapostel. Zum Schluss prostet aus einem kleinen darüberliegenden Fenster ein Kellermeister den Passanten zu.

So war der gewöhnliche Ablauf. Was sich aber heute den Zuschauern und Rottmann bot, wich auf erschreckende Weise davon ab. An den Gestalten der Wallfahrer, die den Zug der vorbeiziehenden Figuren anführten, hing horizontal befestigt eine menschliche Gestalt. Soweit Rottmann sehen konnte, handelte es sich um einen Mann, der leblos, das Gesicht den Menschen auf der Straße zugewandt, in die Tiefe starrte. Der Mann war mit den Schuhen nach links und dem Kopf nach rechts angebracht. Die Schuhe hatten sich offenbar in dem breiten Spalt, in dem die vorüberziehenden Figuren üblicherweise wieder verschwanden, festgekeilt, so dass der Zug der Wallfahrer stockte. Jetzt erst bemerkte Rottmann, dass das Kilianslied bereits zum wiederholten Male gespielt wurde.

Für den ehemaligen Leiter der Mordkommission war klar, dass sich kein Mensch freiwillig in diese gefährliche Lage begab. Der Mann musste zumindest ohne Bewusstsein sein, wenn nicht gar Schlimmeres. Hier lag ganz offenbar eine Straftat vor. Als Erich Rottmann gerade sein Mobiltelefon aus der Tasche ziehen wollte, um die Einsatzzentrale von dem Vorfall zu unterrichten, kam bereits aus Richtung Mainfrankentheater eine Polizeistreife angefahren. Die Streifenbesatzung, ein Mann und eine Frau, stiegen aus und betrachteten kurz den hängenden Menschen, dann eilte der Streifenführer zu seinem Dienstfahrzeug zurück und griff zum Funktelefon.

Erich Rottmann hatte sich einem der Zuschauer genähert, der mit einem Fernglas nach oben starrte. Offenbar handelte es sich um einen Touristen.

„Entschuldigung“, sagte Rottmann und tippte ihm gegen den Arm. „Dürfte ich mal kurz durch Ihr Fernglas schauen?“

Der Mann setzte das Glas ab und musterte Rottmann verwundert. Ehe er sich’s jedoch versah, hatte ihm der Exkommissar mit einem freundlichen Nicken das Fernglas aus der Hand genommen und blickte seinerseits nach oben. Es bedurfte nur eines kurzen Blickes, dann war für Rottmann klar, dass der Mann dort oben nicht mehr lebte. Seine aufgerissenen Augen blickten starr in die Menschenmenge, die mit jeder Minute anwuchs. Rottmann blieb jedoch nicht genügend Zeit, um sich die Gesichtszüge näher anzusehen, da sein Nachbar mit einer eindeutigen Geste die Rückgabe des Fernglases forderte. Während Erich Rottmann es mit einem knappen „Danke schön" zurückgab, hörte er in der Ferne schon das Heulen von Sirenen.

Die beiden Polizeibeamten aus dem Streifenwagen begannen damit, die Neugierigen zurückzudrängen. Eine Minute später kamen vier Einsatzfahrzeuge, ein Kleinbus und drei Lkw, der Städtischen Berufsfeuerwehr angerast. Sie hatte ihren Sitz in der Hofstallstraße, wodurch sie in extrem kurzer Zeit vor Ort sein konnte. Auf dem größeren Lkw befand sich eine ausfahrbare Drehleiter mit einem Personenkorb an der Spitze. Der Einsatzleiter sprang aus dem Kleinbus und suchte sofort den Kontakt zu den Polizeibeamten, während die anderen Feuerwehrleute abwartend neben ihren Fahrzeugen stehen blieben. Langsam wurde die Situation für die beiden Polizisten schwierig, weil die Menschen sich kaum noch zurückhalten ließen. Die Menge war noch stärker angewachsen und verstopfte alle einmündenden Straßen. Autofahrer, die nicht weiterfahren konnten, verließen ihre Fahrzeuge und mischten sich unter die Schaulustigen.

Erich Rottmann überlegte, was er tun konnte, um den Streifenbeamten zu helfen. In diesem Augenblick kamen jedoch schon weitere Einsatzfahrzeuge der Polizei die Theaterstraße heruntergefahren. Die Besatzungen stiegen aus und begannen sofort damit, die Menschenmenge zurückzudrängen.

Nur eine Minute später rasten zwei Zivilfahrzeuge heran. Mit quietschenden Reifen kamen sie zum Stehen. Erich Rottmann hätte auch ohne hinzuschauen sagen können, wer hier eingetroffen war. Tatsächlich entstieg Erster Kriminalhauptkommissar Sebastian Krämer dem Wagen und warf einen verärgerten Blick auf das Schauspiel.

Rottmann verzog unwillkürlich das Gesicht. Er konnte Krämer schlicht und ergreifend nicht riechen. Sein Amtsnachfolger war ihm für seine Begriffe zu opportunistisch, zu glatt und zu sehr auf Karriere programmiert. Rottmann war während seiner Dienstzeit immer der hemdsärmelige Praktiker gewesen, den Förmlichkeiten nur am Rande interessierten. Krämer hingegen legte großen Wert auf Äußerlichkeiten. Auch jetzt erschien er auf der Bildfläche, als wäre er dem Katalog eines Herrenausstatters entstiegen.

Krämer winkte einen der Streifenbeamten zu sich und befahl: „Sorgen Sie dafür, dass diese Menschen von hier verschwinden, und leiten Sie endlich den Verkehr um! Muss man sich denn um alles selbst kümmern! Sie sehen doch, dass die Straßen völlig verstopft sind!"

Der Beamte nickte, dann ging er zu seinem Fahrzeug und gab über die Einsatzzentrale die Anweisungen an die anderen Streifenwagen durch. Die Theaterstraße wurde auf Höhe Mainfrankentheater und Einmündung Semmelstraße gesperrt. Der Verkehr musste von den Polizisten über die Bahnhofstraße und Semmelstraße auf der einen Seite und über die Ludwigstraße und Spiegelstraße auf der gegenüberliegenden Seite umgeleitet werden.

Kriminalhauptkommissar Florian Deichler, mittlerweile zweiter Mann im Morddezernat, hatte sich seine Sporen als Kriminalbeamter noch während Erich Rottmanns aktiver Zeit verdient. Er saß am Steuer des Dienstfahrzeugs und stieg jetzt ebenfalls aus. Interessiert warf er einen Blick in die Runde. Rottmann, der gar nicht weit von ihm entfernt stand, hob grüßend die Hand. Deichler zeigte für einen Augenblick eine verwunderte Miene, winkte dann aber freundlich zurück. Schließlich wandte er sich ab und widmete seine Aufmerksamkeit dem Mann im Glockenspiel.

Aus dem zweiten Zivilfahrzeug, einem Kleinbus, stiegen mehrere Beamte mit schweren Taschen. Krämer hatte offenbar gleich die Spurensicherung mitgebracht.

Der Einsatzleiter der Feuerwehr trat zu den beiden Kriminalbeamten. Rottmann konnte die Frage hören, wann man den Mann herunterholen könne.

„Machen Sie schon mal die Drehleiter einsatzbereit", ordnete Krämer an. „Ich gehe zwar davon aus, dass der Mann tot ist, trotzdem muss zuerst der Rechtsmediziner rauf und den Mann untersuchen. Ich fahre auch mit hoch, weil ich mir die Sache genau ansehen will. Danach schicken wir die Spurensicherung und den Polizeifotografen nach oben. Wenn wir fertig sind, könnt ihr ihn bergen."

„Mehr als drei Personen können nicht gleichzeitig in den Korb", gab der Einsatzleiter der Feuerwehr zu bedenken. „In diesem Fall müssen wir die Leiter von unten bedienen."

„Mein Gott, dann bedienen Sie das Ding eben von unten", gab Krämer schroff zurück. Der Mann warf Krämer einen missmutigen Blick zu, sagte aber nichts. Er gab einige Anweisungen und seine Männer fuhren die Stützausleger des Lkw aus, damit dieser festen Stand hatte.

Mittlerweile hatte sich das Geschehen am Bürgerspital auch bei der Presse herumgesprochen. Christian Schöpf-Kelle, rasender Reporter der *Main-Postille,* der natürlich wieder den Polizeifunk abgehört hatte, und einige andere Journalisten, die sich wohl auf dieselbe Weise auf dem Laufenden hielten, waren vor Ort und schossen fleißig Bilder. Krämer nahm es mit gerunzelter Stirn zur Kenntnis.

Inzwischen war auch der Gerichtsmediziner eingetroffen. Nach einer kurzen Besprechung mit den Kriminalbeamten und dem Leiter der Spurensicherung betraten er, Krämer und der Polizeifotograf den Korb der Drehleiter. Einer der Feuerwehrleute stand an der Bedienkonsole und fuhr den Korb schließlich so in die Höhe, dass er, direkt neben dem Glockenspiel, leicht schwankend zum Stehen kam.

Es dauerte gut zehn Minuten, bis der Arzt seine Untersuchung vorgenommen und der Fotograf mehrere Bilder geschossen hatte. Krämer stand in einer Ecke des Korbes und beobachtete alles. Als der Gerichtsmediziner fertig war, gab er ein Zeichen und die Leiter senkte sich wieder nach unten. Währenddessen unterhielt er sich mit Krämer. An seinen Gesten konnte Rottmann erkennen, dass der Mann am Glockenspiel wie erwartet tot war.

In der Zwischenzeit war ein Verantwortlicher aus der Verwaltung der angrenzenden Reha-Abteilung des Bürgerspitals erschienen. Das Entsetzen über die Vorgänge stand dem Mann ins Gesicht geschrieben. Die Beamten der Spurensicherung erklärten ihm, dass sie das Glockenspiel auch von innen untersuchen müssten. Sofort griff er zum Mobiltelefon und rief den verantwortlichen Mann des technischen Dienstes herbei.

Als der Leichenwagen des Städtischen Beerdigungsinstituts die Absperrung passierte und in die Theaterstraße einbog, fuhr der Korb mit Beamten der Spurensicherung gerade wieder nach oben. Es dauerte eine weitere knappe Stunde, dann fuhr der Korb mit zwei Feuerwehrmännern nach oben, die die Leiche, die mit mehreren starken Rebschnüren an den ungefähr achtzig Zentimeter hohen Figuren des Glockenspiels befestigt war, losbanden und auf eine Trage hoben. Auf ihr transportierten sie den Toten, quer auf dem Rand des Korbs liegend, nach unten. Von einer Decke verhüllt, die von zwei Feuerwehrleuten gehalten wurde, fand der Tote Schutz vor den neugierigen Blicken der Passanten. Die Männer des Bestattungsunternehmens betteten die Leiche in einen Metallsarg, luden diesen in ihren Wagen und fuhren zum Institut für Rechtsmedizin.

Nach dem Abtransport des Toten begann sich die Ansammlung von Neugierigen langsam zu zerstreuen. Die Feuerwehr zog die Leiter ein und rückte ab. Die Wagen der Spurensicherung fuhren in den Innenhof des Bürgerspitals. Die Untersuchung der Technik des Glockenspiels würde noch einige Zeit in Anspruch nehmen. Es gab keinen Zweifel, dass der Tote von drinnen an den Figuren des Glockenspiels festgebunden worden war. Der oder die Täter hatten sicher keine Drehleiter zur Verfügung gehabt, also musste es im Haus Spuren geben.

Einige Zeit später wurde der Verkehr auf der Theaterstraße von der Polizei wieder freigegeben. Von dem ungewöhnlichen Vorfall war nichts mehr zu bemerken.

Rottmann überlegte einen Augenblick, ob er seine Fahrt mit einem anderen Bus fortsetzen sollte, doch dann überwog seine Neugier. Er wechselte die Straßenseite und näherte sich dem Hof des Bürgerspitals. Vielleicht gelang es ihm, Florian Deichler ohne Krämer zu erwischen, so dass er ihm ein paar Auskünfte entlocken konnte. Ihn interessierte vor allen Dingen, ob jener ihm etwas über die Identität des Toten und die Todesursache sagen konnte.

Als Rottmann gerade den Hof betreten wollte, kam ihm eines der zivilen Polizeifahrzeuge entgegen. Rottmann machte einen schnellen Schritt zur Seite. Am Steuer saß Krämer. Zum Glück achtete dieser nicht auf seine Umgebung, so dass ihm die Anwesenheit Rottmanns entging. Mit grimmiger Miene lenkte er den Wagen auf die Straße hinaus. Deichler befand sich also noch am Tatort. Typisch Krämer, die lästige Kleinarbeit überließ er seinen Mitarbeitern.

Erich Rottmann betrat den Hof und ließ sich auf einer der Ruhebänke nieder. Früher oder später musste Deichler ja herauskommen. Öchsle setzte sich geduldig neben seinen Herrn. Es dauerte fast eine halbe Stunde, ehe der ehemalige Mitarbeiter von Erich Rottmann aus dem Haus trat. Begleitet wurde er vom Techniker des Bürgerspitals, der sehr aufgeregt wirkte.

„… und wie lange wird es dauern, bis ich das Glockenspiel wieder reparieren kann? Hoffentlich ist der Schaden nicht zu groß."

Deichler beruhigte ihn. „Machen Sie sich keine Sorgen. Morgen können Sie wieder rein. Meine Männer haben bis dahin alles gründlich untersucht."

„Na, Gott sei Dank", atmete der Mann sichtlich erleichtert auf. „Hoffentlich erwischen Sie diese elenden Verbrecher, die einen Menschen auf derart perverse Weise umbringen! Einfach unvorstellbar." Er gab Deichler kopfschüttelnd die Hand, dann eilte er wieder ins Haus zurück.

Selbstverständlich hatte der junge Kommissar seinen ehemaligen Chef auf der Bank sitzen sehen. Er kam herüber und meinte: „Na, Erich, hast du schon wieder mal gerochen, dass es hier Arbeit für uns gibt?" Während er sprach, hatte er Mühe, sich der Sympathiebekundungen Öchsles zu erwehren, der vor Freude ganz aus dem Häuschen war.

„Du wirst es nicht glauben, aber es war purer Zufall, dass ich dazugekommen bin. Ich saß im Bus und der kam wegen des Menschenauflaufs nicht weiter. Aber da ich schon mal hier bin … Florian, weißt du schon, wer der Tote ist?"

Florian Deichler warf einen kurzen Blick über die Schulter, ob jemand mithörte, dann erklärte er: „Der Mann hatte keinerlei Ausweispapiere oder sonstige Dinge bei sich. Seine Taschen sind leer und selbst die Etiketten sind aus den Kleidungsstücken herausgetrennt worden. Es sieht so aus, als wären hier Profis am

Werk gewesen. Offenbar wollten die Täter, dass wir ihn nicht so schnell identifizieren. Mal sehen, was unsere Vermisstendatei hergibt. Ansonsten werden wir einen Aufruf an die Bevölkerung starten. Irgendjemand muss den Mann doch vermissen."

Erich Rottmann machte ein nachdenkliches Gesicht. „Ich habe das Gefühl, dass uns dieser Tote noch einiges Kopfzerbrechen bereiten wird. Wer könnte an einer derart öffentlichen Zurschaustellung einer Leiche ein Interesse haben? Der Täter hat doch dieses öffentliche Aufsehen bewusst provoziert."

Deichler drohte scherzhaft mit erhobenem Zeigefinger. „Von wegen ‚uns'. Du meinst, der Fall wird der Polizei Kopfzerbrechen bereiten. Vergiss nicht, dass du im Ruhestand bist und dich nicht mehr mit solchen Dingen rumschlagen musst."

Rottmann ging auf diese Bemerkung nicht ein. „Hat der Gerichtsmediziner schon etwas zur möglichen Todesursache gesagt?"

Deichler sah seinen ehemaligen Chef kopfschüttelnd an. „Mann, Erich, du kannst es wirklich nicht lassen. Du weißt, dass ich in Teufels Küche komme, wenn ich mit dir darüber spreche. Krämer zerreißt mich in der Luft!"

Erich Rottmann winkte ab. „Dieser Wichtigtuer muss das ja nicht erfahren, oder? Ein bisschen professionelle Neugierde wird ja wohl erlaubt sein." Er zwinkerte Deichler zu.

Dieser atmete tief durch, dann sprach er mit gesenkter Stimme: „Es gibt keinerlei Anzeichen von äußerer Gewalteinwirkung. Wir wissen auch nicht, ob er noch gelebt hat, als man ihn dort oben aufgehängt hat. Es war nur festzustellen, dass er stark nach Alkohol roch. Aber du kennst das ja, das war selbstverständlich nur eine vorläufige Diagnose. Man muss das Ergebnis der Obduktion abwarten."

„Mich wundert nur", spann Rottmann den Faden weiter, „dass man die Leiche nicht schon früher bemerkt hat."

„Das ist leicht zu erklären“, gab Deichler zurück. „Der oder die Täter haben den Toten an den Figuren befestigt, als diese sich noch im Inneren des Glockenspiels befanden und von der Straße aus nicht sichtbar waren. Als dann die Glocken um elf Uhr anfingen zu spielen und die Figuren sich zu drehen begannen, transportierten sie die Leiche mit nach vorn in den einsehbaren Bereich. Dann hat sich der Tote mit seinem Fuß im Durchlass auf der anderen Seite verhakt und die Figuren kamen zum Stillstand.“

Das kriminalistisch geschulte Gehirn Rottmanns arbeitete auf Hochtouren. Schließlich meinte er: „Meinst du, dass ein einzelner Mann das Opfer alleine nach oben schleppen und dort befestigen konnte? Und bist du sicher, dass der aufgehängte Mann durch den schmalen Durchlass passte, durch den die Figuren laufen?“

„In seinem Fall ja. Der Tote ist sehr schlank und auch nicht sonderlich groß.“ Er warf einen schrägen Blick auf Rottmanns ansehnliche Bauchregion, dann meinte er scherzhaft: „Bei dir hätte das sicher nicht geklappt.“

Erich Rottmann hatte die Anspielung auf seine gestandene Figur durchaus verstanden, ging aber nicht darauf ein. Deichler fuhr wieder ernst fort: „Zur Frage der Täter kann man nur feststellen, dass ein kräftiger Mann das schon geschafft haben könnte, da das Opfer sehr schmächtig und nicht schwer war.“

Rottmann nickte. Er grübelte über die möglichen Motive nach, die jemand haben könnte, einen Menschen dort oben aufzuhängen.

Florian Deichler wusste Rottmanns Miene richtig zu deuten. „Erich, vergiss es! Vergiss es ganz einfach! Ich kenne dieses Gesicht. Denk nicht mal daran! Du bist im Ruhestand. Akzeptiere das halt endlich. Wir, die Polizei, werden den Fall aufklären, nicht du.“

Rottmann nickte gedankenverloren. Er hatte offensichtlich gar nicht richtig zugehört. Unvermittelt winkte er zum Abschied und zog mit Öchsle im Schlepptau ohne ein weiteres Wort davon. Während er auf das Hoftor des Bürgerspitals zuging, zog er seine gestopfte Bruyère aus der Joppentasche und zündete sie im Gehen an.

Deichler legte die Stirn in Falten. Er kannte seinen ehemaligen Chef lange genug, um zu wissen, dass sein Ratschlag zum einen Ohr hinein und zum anderen wieder hinausgegangen war. Der alte Ermittler war ein unterfränkischer Sturkopf. Er würde auch in diesem Fall machen, was er wollte.

Der Tag war bereits in Dämmerung übergegangen. Über dem Talgrund der Retz waberten feine Nebel. Das Haus, das ein ganzes Stück außerhalb der Ortschaft lag, war unbeleuchtet.

Licht brannte nur in einem Raum, welcher das halbe Kellergeschoss des alten Gebäudes einnahm. Die Decke bestand aus massiven alten Eichenbalken, die dunkelbraun eingelassen waren und sich dadurch markant vom weißen Putz der Decke abhoben. Fenster hatte der Raum keine. An den Wänden hingen ein paar billige Gobelins, die Szenen aus der römischen Mythologie zeigten. Der Steinboden war mit Teppichen ausgelegt. Mehrere bequeme Liegen mit Kissen waren aufgestellt.

In der Mitte des Raumes war ein rechteckiges, etwa zwei mal zwei Meter großes Betonbassin in den Boden eingelassen, dessen Rand sich nur wenig über das Niveau des Fußbodens erhob. In seinem Zentrum befand sich ein kleiner Springbrunnen, der in der Mitte von einer auf einem Sockel stehenden bronzefarbenen Steinfigur von knapp einem Meter Höhe gekrönt wurde. An den Rändern des Bassins befanden sich farbige Strahler, die den vier Wasserfontänen, die mitten aus dem Becken nach oben stiegen und sich über der Figur wie ein Baldachin trafen, ein geheimnisvolles Fluoreszieren verliehen. Die Brunnenfigur stellte einen fülligen, unbekleideten, alten bärtigen Mann dar, dessen Kopf mit Efeu, Weinlaub und Weintrauben bekränzt war. In der einen Hand hielt er einen Trinkbecher, in der anderen einen Stab. Man konnte sehen, dass die Figur, ähnlich wie die ganze Einrichtung und die Elektroinstallationen, nicht sehr teuer gewesen waren. An der Decke befanden sich zwischen den Eichenbalken zahlreiche Lampen, deren indirektes Licht man dimmen konnte.

Im Augenblick verbreitete schummriges Licht eine beruhigende Atmosphäre. Die Wasserfontänen plätscherten leise. Der Raum war menschenleer. Plötzlich ertönte leise ein Gong. Wie von Geisterhand erschienen aus dem Dunkel vier Personen. Schweigend schritten sie zu den Liegen und ließen sich nieder. Alle trugen weiße Togen, die an den Säumen von aufgesticktem silbernem Weinlaub geziert wurden. Als sie sich hinlegten, war unter ihren Togen eine Tunika zu erkennen. An den Füßen trugen sie geschnürte Sandalen. Es herrschte Schweigen.

Obwohl die Kleidung der hier versammelten Männer von einem Ausstatter für Faschingskostüme stammte, wirkten sie hier in dieser Umgebung nicht deplatziert oder gar lächerlich. Ihre Gesichter waren vollständig hinter silberfarbigen Masken verborgen, die am Hinterkopf mit elastischen Bändern gehalten wurden. Die Maskenträger blickten durch schmale Sehschlitze. Alle Masken waren den Gesichtszügen der Brunnenfigur nachgebildet.

Nachdem die Männer Platz genommen hatten, ertönte aus der Tiefe des Raumes ein weiterer Gong. Ihre Aufmerksamkeit konzentrierte sich unvermittelt auf eine bestimmte Stelle im Hintergrund.

Gemessenen Schrittes trat eine schlanke männliche Gestalt in das Licht. Auch sie war in eine Toga gekleidet, deren Säume zudem mit roten Weinlaub-Ornamenten verziert waren. Der Mann trug ebenfalls eine Maske, die jedoch bronzefarben war.

„Brüder des Bacchus, ich grüße euch“, kam die Stimme des Mannes dumpf hinter der Maske hervor. Die Anwesenden gaben den Gruß murmelnd zurück. „Lasst uns zuerst Bacchus, unserem Gott des Weines und der Sinnenfreuden, einen Weihetrunk widmen." Er schritt zu einem Tisch, auf dem fünf Wein-Römer bereitstanden. Er holte einen bereits entkorkten Bocksbeutel, einen Bacchus Kabinett, unter dem Tisch hervor und verteilte den Inhalt auf die Gläser. Anschließend griff er nach einem kleinen Löffel und entnahm einem silbernen Gefäß von der Größe einer Tablettendose eine Prise eines gelblichen Pulvers, das er in den Wein einrührte. Dann nahm er Römer für Römer und reichte sie den Männern auf den Liegen.

„Auf das Wohl von Bacchus und unserer ewigen Gesundheit!" Nach dem Trinkspruch, den die Männer leise wiederholt hatten, nahm jeder einen kräftigen Schluck.

„Wir sind heute zusammengekommen, um über Wohl und Wehe der Abtrünnigen zu sprechen", ergriff der Mann mit der bronzenen Maske wieder das Wort. „Diese haben die Gottesgabe genossen, sie haben geschworen, Stillschweigen zu wahren und Bacchus' Geheimnis zu behüten." Er hob die Stimme: „Doch was haben sie getan? Abtrünnig und wortbrüchig sind sie geworden! Sie haben uns verlassen, um das Geschenk des Weingottes finanziell auszuschlachten. Obwohl sie wissen, dass diese Gottesgabe nur für die wenigen Auserwählten bestimmt ist, die im Bund der *Bacchus-Brüder* hier versammelt sind! Das können wir nicht hinnehmen! Einen unserer ehemaligen Brüder, den eigentlichen Wahrer des Geheimnisses, hat die Gottesstrafe für seine Wankelmütigkeit bereits getroffen.

Zu Lebzeiten hat er immer gesagt, dass er dafür sorgen wolle, dass das Geheimnis nicht in falsche Hände gerät. Wir wissen nicht, ob der Verstorbene Wort gehalten und in seinem letzten Willen verfügt hat, dass das Geheimnis in unserer Gemeinschaft bleibt. Wir haben erfahren, dass verbrecherische Menschen das Testament gestohlen haben. Ich befürchte, dass diese geldgierigen Winzer im Dorf ihre Finger im Spiel haben."

Seine Worte, die von den Anwesenden stillschweigend, aber mit gelegentlichem Kopfnicken quittiert wurden, fielen auf fruchtbaren Boden. „Ich schwöre euch, ich werde alles tun, um zu verhindern, dass dieses Geschenk missbraucht und verschleudert wird!“ Wieder zustimmendes Gemurmel. „Zu eurem Schutz sage ich euch nicht, wozu ich bereit bin, um dieses schändliche Tun zu verhindern. Ich gehe aber davon aus, dass jeder von euch bereit ist, mir zu helfen.

Lasst uns jetzt auf Bacchus, der uns dieses einmalige Geschenk geschickt hat, das Glas erheben.“ Er hob den Römer und alle tranken. Als sie später auseinandergingen, war Mitternacht bereits vorüber.

Zur gleichen Zeit ganz in der Nähe, in einem Gewölbekeller, an dessen Wänden mehrere große Weinfässer standen. Die Luft war kühl und von gärendem Wein geschwängert. Die Beleuchtung bestand aus einigen Feuchtraumlampen, die ein schummriges Licht verbreiteten. Es war unzweifelhaft ein alter Weinkeller, der schon seit Generationen als solcher Verwendung fand. In der Mitte des Raumes stand ein massiver Holztisch mit einer dicken Eichenplatte, die in einem Stück aus einem Stamm herausgeschnitten worden war. Ihre dunkle Patina bewies, dass sie ebenfalls sehr alt war.

Sechs Männer, die alle aus Retzstadt stammten, hatten sich um den Tisch versammelt. Es handelte sich um die erst vor einiger Zeit gegründete *Retschter Bacchus-Bruderschaft*, eine Vermarktungsgemeinschaft von Winzern. Wegen der Werbewirksamkeit trugen sie ebenfalls Bacchus, den römischen Gott des Weines, in ihrem Namen. Sie hatten sich vor einiger Zeit von der eher esoterisch ausgerichteten Gruppe der *Bacchus-Brüder* abgespalten, die außerhalb des Dorfes in einem alten Hof zusammenkam. Die Trennung war erfolgt, weil sich jene einem modernen Vermarktungsmanagement massiv in den Weg stellte.

Mit dem Slogan „Retschter Wein muss sein!" hatte es sich die Vermarktungsgemeinschaft zur Aufgabe gemacht, ihren Heimatort und dessen Haupterzeugnis, den Wein, durch aggressive Werbung bekannt zu machen und an den Mann beziehungsweise die Frau zu bringen. So hatten sie zum Beispiel die Aktion *„Schoppe to stay"* ins Leben gerufen, die es Besuchern des Weinortes ermöglichte, an Wochenenden bei jedem Winzer des Ortes einen Schoppen zu erwerben und diesen dort auch gleich in rustikaler Umgebung zu genießen. Die Gemeinschaft bestand aus dem ehemaligen und dem amtierenden Bürgermeister, dem Vorsitzenden des Weinbauvereins und dem Vorsteher der Jagdgenossenschaft, außerdem zwei weiteren erfahrenen Weinbauern, deren Produkte weit über die Grenzen Unterfrankens hinaus bekannt und ausgezeichnet waren.

Das unvermutete Ableben des Axel Fuller war der Hauptgrund der heutigen Sitzung, die man durchaus als Krisensitzung bezeichnen konnte. Fuller hatte zu Lebezeiten einen Weinberg besessen, dessen außergewöhnlicher Ertrag zentraler Bestandteil ihres zukünftigen Vermarktungskonzepts sein sollte.

Natürlich verspürten die Herren Trauer über das Ableben ihres so wichtigen Dorfmitglieds. Der Grund ihres Zusammentreffens war aber ein viel gravierenderer.

Jeder der Herren, durchwegs gereiftes, aber dynamisches Mittelalter, hatte in Gedenken an Axel Fuller ein Glas Bacchus vor sich stehen, der aus dem Weinkeller des Gastgebers stammte. Hin und wieder nahmen sie einen Schluck. In der Mitte des Tisches lag eine kleine, unscheinbare Phiole, die ein feines gelbliches Pulver enthielt. Zu Beginn der Sitzung mischten sich die Herren jeweils eine Messerspitze davon in ihren Wein.

„Das mit Axel hätte nicht passieren dürfen", stellte der am Kopfende sitzende Winfried Gerhardlich bedrückt fest. Er war der Besitzer des Weinkellers.

„So fit, wie der war, hätte er bestimmt noch einige gute Jahre vor sich gehabt", ergänzte Ludwig Maurer die Aussage seines Vorredners. Maurers Aufgabe bestand in der Pflege des Internetauftritts des Weinbauvereins. Er war außerdem der PR-Manager des Dorfes und damit der Werbestratege der Vermarktungsgemeinschaft *Retschter Bacchus-Bruderschaft.* Maurer hatte an diesem Tag seltsamerweise einen Strohhut auf dem Kopf, den er nicht abnahm. Er hatte dies mit heftigen Kopfschmerzen begründet. Maurer blickte ausgesprochen griesgrämig in die Runde. „… Und dann begeht dieser Verbrecher auch noch Fahrerflucht! Ich hoffe, dass die Polizei den Kerl bald findet, damit er in den Knast wandert, bis er schwarz wird!"

„Was mir in diesem Zusammenhang auch große Sorgen macht", warf der ehemalige Bürgermeister des Ortes, Edwin Mollig, in die Runde, „ist die Tatsache, dass man Axel obduziert hat. Ich habe keine Ahnung, was die da alles untersuchen. Deshalb habe ich mal einen Schwager von mir gefragt, der bei der Polizei arbeitet. Er hat mir gesagt, dass bei solchen Untersuchungen alles sehr genau überprüft wird. Was ist, wenn die dabei etwas herausfinden?"

„Herrschaften, jetzt macht euch doch nicht verrückt! Wahrscheinlich ist das nur eine Routineobduktion, weil er nicht im Bett gestorben ist. Vermutlich brauchen sie genaue Erkenntnisse, um diesen Mistkerl, der ihn totgefahren hat, verurteilen zu können, falls sie ihn denn jemals erwischen. Also, macht euch nicht in die Hosen!" Diethard Christer pflegte als Vorsteher der Jagdgenossenschaft einen kernigen Ton und kam stets direkt und ohne Umschweife auf den Punkt. „Was mir wesentlich mehr Sorgen macht, ist die Frage, was jetzt aus dem besagten Weinberg werden soll. Solange wir noch als *Bacchus-Brüder* zusammen waren, sollten ja nach dem Willen Fullers wir alle den Weinberg erhalten. Nachdem wir auseinandergegangen sind, sieht die Sache jetzt wahrscheinlich ganz anders aus."

„Das hat Axel meines Wissens klar geregelt", warf Fritz Träubler, Vorsitzender des Weinbauvereins, mit Bestimmtheit ein. „Wenige Wochen vor seinem Unfall hat er mir gesagt, dass er bezüglich des Weinbergs klare testamentarische Regelungen getroffen hat. Axel war ein zuverlässiger Mensch. Ich gehe davon aus, dass er sein Vorhaben auch zu unseren Gunsten in die Tat umgesetzt hat. Wenn der Weinberg endgültig in die Hände dieser Fundamentalisten fallen würde, könnten wir unsere Vermarktungsziele diesbezüglich vergessen."

Die anderen nickten.

„… obwohl ich der Meinung bin, dass der Weinberg in die Hände der Gemeinde gehört", warf Thomas Gerhardlich, Bürgermeister von Retzstadt, ein. Der erste Mann des Ortes war mit dem Besitzer des Weinkellers nicht verwandt oder verschwägert. Den Namen Gerhardlich gab es häufiger im Dorf, wobei davon ausgegangen werden konnte, dass die verschiedenen Linien der Gerhardlich auf einen gemeinsamen Urahn zurückzuführen waren. Das lag aber bereits so weit zurück, dass die Phase der Inzucht schon lange überwunden war.

„So ein wertvolles Gut sollte der Allgemeinheit gehören und nicht nur einigen Winzern", betonte der Bürgermeister.

Maurer hob die Hand. „Meine Herren, es hat keinen Sinn, sich jetzt in wilden Spekulationen zu ergehen. So, wie Axel das verfügt hat, so müssen wir das hinnehmen. Stellt euch doch nur einmal vor, er hat überhaupt kein Testament gemacht. Dann müssten wir auch damit leben. Meines Wissens tritt dann die gesetzliche Erbfolge ein. Axel war nie verheiratet und hatte, soweit ich weiß, keine Kinder. Es gibt aber entfernte Verwandte in

Rimpar. Das hat er mir einmal erzählt. Vielleicht kommt dann irgendein Cousin aus einer Seitenlinie zum Zug. Auch das müssen wir respektieren. Lassen wir den Axel in Frieden ruhen.

Aber was ganz anderes: Dass unser Geheimnis wahrscheinlich schon lange gar kein so großes mehr ist, sehen wir doch daran, dass vor zwei Tagen in den Weinberg eingebrochen wurde und so ein Mistkerl versuchte, Weinstöcke auszugraben. Das muss uns doch in höchste Alarmbereitschaft versetzen! Da betreibt doch offensichtlich jemand Betriebsspionage! Wahrscheinlich hat einer von uns daheim seine Klappe nicht halten können. Ihr wisst doch, dass die Winzer aus der Region, insbesondere die großen Weingüter in Würzburg, wie die Luchse aufpassen, damit ihnen nichts entgeht, was wir Landwinzer auf die Beine stellen."

„Ludwig hat Recht. Hier im Dorf hört man doch die Flöhe husten. Kann schon sein, dass eine unserer Ehefrauen den Schnabel nicht halten konnte. Schließlich bekommen unsere Angetrauten die belebende Wirkung unseres Wundermittels aus Fullers Weinberg direkt zu spüren. Die Ergebnisse unserer Selbstversuche haben uns ja alle überrascht." Träubler grinste anzüglich und nahm einen langen Schluck aus seinem Glas.

„Wir müssen diese Weinstöcke jedenfalls wie unsere Augäpfel hüten", stellte Christer fest, ohne auf Träublers letzte Bemerkung einzugehen, dabei massierte er demonstrativ seine geballte Faust.

„Es ist klar, dass die Konkurrenz nicht schläft", erklärte der Bürgermeister. „Zum Glück haben Diethard und ich den Kerl bei einem Kontrollgang erwischt, bevor er größeren Schaden anrichten konnte. Natürlich wollte er uns zuerst nicht sagen, warum er das getan hat. Dann hat er irgendetwas gefaselt, dass er die Rebstöcke in seinen Garten pflanzen wollte. Dem Diethard kam dann die Idee, den Burschen anständig abzufüllen.

Er hat aus seinem Auto eine Flasche Tresterschnaps geholt und wir haben dem Kerl den Schnaps eingeflößt. Die Drohung mit einer Anzeige hat ihn dann recht trinkfreudig gemacht. Es hat eine ganze Zeit gedauert, bis er gesprächig wurde, denn der Bursche hat ordentlich was vertragen. Dann hat er uns schließlich verraten, dass er fürs Weingut Bürgerspital arbeitet. Mehr war aus ihm aber nicht herauszubekommen, weder sein Name noch seine Anschrift. Papiere hatte er auch nicht bei sich. Wir haben ihn dann ins Auto gesetzt und ihn in Würzburg auf einer Bank gegenüber dem Mainfrankentheater abgesetzt."

„Meint ihr wirklich, dass die Leitung des Bürgerspitals einen Mitarbeiter beauftragt hat, bei uns Weinstöcke zu stehlen? Das kann ich mir einfach nicht vorstellen." Maurer schüttelte zweifelnd den Kopf.

„Was glaubst du, was es für die Reha-Klinik des Bürgerspitals bedeuten würde, wenn die unsere Entdeckung nutzen könnten?", warf Träubler heftig ein. „Das würde denen doch Millionen einbringen! Die müssten wahrscheinlich anbauen, so würden ihnen die Leute die Bude einrennen."

„Egal wie", stellte Christer sachlich fest. „Jedenfalls sind die, die den Kerl beauftragt haben, jetzt gewarnt. So schnell schicken die niemanden mehr, der in unseren Weinbergen herumschnüffeln soll. Trotzdem sollten wir einen regelmäßigen Wachdienst einrichten. Unsere Dorfjugend macht das gegen einen Zuschuss zum Taschengeld sicher gern."

Träubler nickte zustimmend, dann fuhr er sachlich fort: „Leute, wir müssen uns einfach mit der Tatsache abfinden, dass unsere Konkurrenz überall ihre Spione sitzen hat. Als ich letzte Woche in Würzburg war, habe ich durch Zufall den Kellermeister vom Staatlichen Hofkeller getroffen. Der hat mich gleich ganz spitz gefragt, was wir uns denn wieder Neues haben einfallen lassen, um unseren Wein unter die Leute zu bringen."

Die Winzer von Retzstadt hatten in den letzten Jahren tatsächlich immer wieder von sich Reden gemacht, weil sie ungewöhnliche Wege beschritten, um ihre Produkte zu vermarkten. Irgendwann hatten sie beschlossen, sich auch die immer mehr um sich greifende Wellnessbewegung zunutze zu machen. Neben der bereits erwähnten Aktion „*Schoppe to stay*" gab es im Ort verschiedene weitere Angebote, die von Gästen gut angenommen wurden. Man bot beispielsweise Weinwanderungen an, bei denen man bestimmte Stationen anlaufen konnte. Es gab die Möglichkeit, sich in einer Weinbergshütte von einer geschulten Fachkraft mit Traubenkernöl massieren zu lassen. In einer anderen Hütte wurde ein Schwitzbad in einem Weinlaubbett angeboten. Auch eine Entspannungstherapie mit heißen Kalksteinen aus den Weinbergen wurde gern angenommen. Selbstverständlich gab es dazu bei allen Stationen reichlich Wein aus den heimischen Kellern.

Die Tür des Weinkellers ging auf und die Frau von Ludwig Maurer trat ein. Die Herren warfen ihr erstaunte Blicke zu. Normalerweise wurden sie bei ihren Besprechungen nicht gestört. Aber die Besucherin war offensichtlich ziemlich aufgeregt, ja fast verstört, weshalb die Männer keine Einwände erhoben.

„Tut mir leid, dass ich euch störe", sagte sie. Dabei trat sie zu ihrem Mann und legte vor ihm einen braunen DIN-A5-Umschlag auf den Tisch. „Mir ist gerade etwas ganz Merkwürdiges passiert. Weil es heute so heiß war, bin ich erst zu Beginn der Dämmerung in unseren Vorgarten gegangen, um die Pflanzen zu gießen. Plötzlich kam ein Motorradfahrer angefahren, hielt an unserem Zaun und fragte mich, ob ich Frau Maurer sei. Als ich das bestätigte, hat er mir diesen Umschlag in die Hand gedrückt und gesagt, ich solle ihn sofort meinem Mann aushändigen. Es sei sehr wichtig. Ich kann euch sagen, das war wirklich unheimlich. Der Bursche wirkte richtig bedrohlich."

Maurer betrachtete den zugeklebten Umschlag, dann fragte er: „Hast du eine Idee, wer der Kerl sein könnte?"

Seine Frau schüttelte den Kopf. „Wie denn? Er hatte einen Helm auf und das Visier war heruntergeklappt. Außerdem trug er einen schwarzen Motorradanzug. Ein Motorrad sieht für mich wie das andere aus. Nachdem er mir den Umschlag gegeben hatte, gab er Gas und schoss wie der Teufel davon. Ich wollte mir noch das Kennzeichen merken, aber das ging nicht, weil es total verdreckt war. Das Einzige, was ich sagen kann, ist, dass er groß und kräftig und wahrscheinlich jung war." Sie zuckte bedauernd mit den Schultern.

Die Männerrunde sah sich ernst an. Was hatte das zu bedeuten? Maurer stand auf und brachte seine Frau wieder nach oben. Als er zurückkam, lag der Umschlag noch immer ungeöffnet auf seinem Platz. „Wenn wir ihn nicht aufmachen, erfahren wir nie, was das soll", stellte Maurer fest. Mit diesen Worten zog er sein Taschenmesser heraus, schlitzte das Kuvert auf und schüttelte den Inhalt auf den Tisch. Ein zusammengefaltetes Blatt fiel heraus. Maurer nahm es in die Hand und faltete es auseinander. Es standen nur wenige Zeilen darauf. Ohne Adressaten und ohne Anrede hieß es da:

„Lasst Euch den Tod von Axel Fuller eine Warnung sein! So ein Unfall kann jederzeit wieder geschehen. Hütet euch davor, das Geheimnis unseres Dorfes zu verschleudern!"

Die Männer sahen sich fragend an. Mussten sie das ernstnehmen?

„Das ist eindeutig eine massive Drohung", stellte Gerhardlich schließlich mit erregter Stimme fest. „Ich wage es ja fast nicht auszusprechen, aber wenn ich das so lese, scheint es so, als sei der Tod von Axel Fuller kein Unfall gewesen …"

Er sprach das aus, was die anderen dachten. Sie schwiegen

eine Weile und starrten auf das Blatt Papier mit der verkappten Todesdrohung.

„Mit dem ‚Geheimnis des Dorfes' kann ja nur unser besonderer Weinberg gemeint sein", warf Mollig ein. „Wenn man eurem Verdacht folgt, muss man zu dem Ergebnis kommen, dass es jemanden gibt, der ein derart massives Interesse daran hat, dass er sogar bereit ist zu töten." Er machte eine kleine Pause. „Herrschaften, es tut mir leid, aber meines Erachtens kommt da nur eine Gruppierung in Frage …"

Die anderen wussten sofort, wen er meinte.

Maurer schüttelte heftig den Kopf. „Das kann ich mir einfach nicht vorstellen. Das wäre ja der totale Wahnsinn! Die Burschen sind zwar ziemlich fanatisch, aber doch keine Verbrecher! Außerdem müssen sie doch damit rechnen, dass der Verdacht sofort auf sie fällt. Für mich ist aber eines klar: Wir müssen dringend etwas unternehmen. Wenn unser Verdacht bezüglich Axels Unfall stimmt, ist das Mord! Leute, kapiert ihr, Mord! Meiner Meinung nach müssen wir schleunigst die Polizei verständigen! Da draußen gibt es Menschen, die offenbar vor nichts zurückschrecken."

Ein Stimmengewirr brach los, weil jeder in der Runde seine Meinung loswerden wollte. Die meisten vertraten die Ansicht von Maurer, dass die alten *Bacchus-Brüder* niemals so weit gehen würden.

Die Männer saßen noch lange zusammen und diskutierten, wie sie sich weiter verhalten sollten. Die wildesten Vermutungen wurden laut, wer eventuell sonst noch hinter dieser Drohung stecken könnte. Erst weit nach Mitternacht vertagten sie sich, ohne eine konkrete Entscheidung getroffen zu haben. Über eines waren sie sich allerdings einig: Die Polizei würden sie im Augenblick noch nicht einschalten. Wenn sie das taten, dann würde das Gehemnis ihres Weinbergs in aller Munde sein.

Als Erich Rottmann am darauffolgenden Tag, kurz nach neun Uhr, mit Öchsle im Gefolge seine Wohnung in der Rosengasse verließ, zeigte sich der Himmel über Würzburg nicht gerade von seiner freundlichen Seite. Die Vorhersage hatte wechselhaftes Wetter angekündigt. Ausnahmsweise schien das heute einmal zuzutreffen. Rottmann zuckte mit den Schultern. Ein paar Tropfen von oben würden weder ihm noch Öchsle etwas ausmachen.

Wie fast täglich wandte er sich nach rechts in Richtung Main, weil er Öchsle dort erst mal Auslauf bieten wollte. Unwillkürlich warf er dabei einen Blick hinauf zu den Fenstern des Nachbarhauses, wo Elvira Stark, seine ehemalige Jugendliebe, seit zwei Jahren eine Eigentumswohnung besaß.

Rottmann zog seine Pfeife, die er bereits in der Wohnung gestopft hatte, aus der Joppentasche und zündete sie an. Während Öchsle interessiert an Häuserecken schnupperte und hie und da auch einmal das Bein hob, um sein Revier zu markieren, grübelte Erich Rottmann über den Bericht in der *Main-Postille* nach, der auf der Würzburg-Seite die Leser über den Leichenfund im Glockenspiel des Bürgerspitals informierte. Da die Identität des Toten offenbar bisher auf dem üblichen Ermittlungsweg nicht ausfindig gemacht werden konnte, hatte man ein Bild veröffentlicht und die Bevölkerung um sachdienliche Hinweise zur Identifizierung des Toten gebeten. Rottmann wusste ja aus seiner früheren Berufspraxis, dass derartige Aufrufe nur gestartet wurden, wenn alle anderen Möglichkeiten der

Identifizierung eines unbekannten Toten erfolglos ausgeschöpft worden waren.

Eineinhalb Stunden später betrat Erich Rottmann seine Stammmetzgerei an der Ecke Maulhardgasse und besorgte sich eine ordentliche Portion Leberkäs, eines seiner Grundnahrungsmittel, und ließ sich dazu eine Laugenstange einpacken. Heute hatte er Glück und das knusprige Endstück des Leberkäses war noch da. Die Fachverkäuferin in der Metzgerei kannte Rottmann und seine kulinarischen Wünsche bestens und wickelte dieses reichlich dimensionierte Endstück in Alufolie ein, damit es die paar Meter bis zum angrenzenden Stammlokal, dem *Maulaffenbäck,* schön heiß blieb.

Es war für Öchsle immer wieder eine Tortur, wenn ihm die guten Düfte die Nase umschmeichelten, während er vor der Tür der Metzgerei warten musste. Seine Verzweiflung hielt sich allerdings in Grenzen, wusste er doch, dass sein Mensch immer so reichlich einkaufte, dass auch für ihn ein großer Bissen übrig blieb.

Als die beiden die Weinstube betraten, schlug ihnen schon eine vernehmliche Geräuschkulisse entgegen. Viele Weingenießer nutzten das trübe Wetter, um beim Frühschoppen gute Stimmung für den ganzen Tag zu tanken. Anni, die Bedienung im *Maulaffenbäck,* warf Rottmann einen fragenden Blick zu, den der Exkommissar beantwortete, indem er sein Fresspäckchen demonstrativ in die Höhe hielt. Für Anni bedeutete das, dass ihr Stammgast wie üblich das „kleine Frankengedeck“ wünschte, wie er die Zusammenstellung aus einem Schoppen Silvaner vom Stein und der mitgebrachten Portion Leberkäs immer nannte.

Die meisten Mitglieder des Stammtisches *Die Schoppenfetzer* waren schon anwesend. Sie begrüßten Erich Rottmann und Öchsle mit der üblich guten Laune und rutschten sofort zusammen, damit sich der Exkommissar auf seinem angestammten Platz niederlassen konnte. Öchsle erhielt rundherum ein paar Streicheleinheiten, dann verschwand er unter der Bank und ließ sich unter dem Gesäßbaldachin seines Menschen nieder. Er wusste, dass sich erst sein Herrchen sättigen würde, bevor er dann seinen Anteil bekam.

Rottmann grüßte freundlich in die Runde. Große Worte waren nicht erforderlich, schließlich sah man sich fast täglich. Kaum hatte Rottmann seine Joppe ausgezogen und sie sich der Einfachheit halber zwischen Rücken und Bank geschoben, kam Anni herangeeilt und stellte ihm Teller, Besteck und den gewünschten Schoppen hin. Ein trockener Silvaner mit einer ausgeprägt mineralischen Note, der mit dem Leberkäs ausgezeichnet harmonierte, zumindest nach Rottmanns Ansicht.

„Grüß dich, Erich", sagte Dr. Horst Ritter, ehemaliger Leiter der Würzburger Staatsanwaltschaft. „Lass es dir schmecken!" Er warf einen bezeichnenden Blick auf Rottmanns Päckchen. Das war allerdings an diesem Tisch nichts Besonderes, alle Stammtischbrüder hatten ähnliche Fresspakete vor sich liegen. Im *Maulaffenbäck* konnte jeder Gast zum Frühschoppen seine eigene Stärkung mitbringen.

„Danke", gab Rottmann zurück, ließ sich aber beim Auspacken seines Leberkäses nicht stören. Sofort erfüllte ein appetitanregender Duft den Gastraum. Bevor der Exkommissar sein Besteck zum Einsatz brachte, nahm er zur geschmacklichen Einstimmung und Justierung seines Gaumens einen kräftigen Schluck vom Silvaner. Wenig später begann er genüsslich zu kauen.

Ron Schneider, Leiter einer bekannten Würzburger Anwaltskanzlei im Ruhestand, bearbeitete energisch ein großes Stück Krakauer Wurst, was ihn allerdings nicht davon abhielt, Rottmann mit vollem Mund zu fragen: „Sag mal, Erich, du hast heute doch sicher auch die Geschichte mit der unbekannten Leiche in der Zeitung gelesen? Welches kranke Gehirn kommt denn auf die Idee, einen Menschen am Glockenspiel des Bürgerspitals aufzuhängen?"

Xaver Marschmann, ehemals verdeckter Ermittler in der Drogen- und Rotlichtszene, machte eine wegwerfende Handbewegung. „Ron, als ehemaliger Strafverteidiger musst du doch wissen, dass es auf dem Gebiet des Verbrechens nichts gibt, was es nicht gibt."

Erich Rottmann schluckte, dann antwortete er: „Ich war gestern zufällig dabei, als der arme Kerl entdeckt wurde. Um elf Uhr begann das Glockenspiel wie üblich zu läuten. Dabei wurde der Tote, der offenbar vom Täter schon lange vorher angebunden worden war, nach vorne befördert und war damit für alle Leute auf der Straße zu sehen. Es gab natürlich einen riesigen Menschenauflauf und die Polizei musste die ganze Theaterstraße sperren."

Schlagartig hatte Rottmann die volle Aufmerksamkeit seiner Stammtischbrüder.

„Du hast vielleicht einen Riecher", stellte Horst Ritter fest. „Ich habe in Würzburg noch nie eine Leiche gefunden. Erzähl mal, was war denn da los?"

Erich Rottmann gab bereitwillig einen groben Überblick über sein Erlebnis, unterließ es aber, zu erwähnen, dass er Kontakt mit dem ermittelnden Kriminalbeamten gehabt hatte.

„Erich, du hast doch noch gute Verbindungen", warf Ron Schneider ein. „Bestimmt gibt es schon Ermittlungsergebnisse, die nicht in der Zeitung stehen. Lass uns daran teilhaben."

Rottmann zuckte mit den Schultern. „Ich bin genauso schlau wie ihr. Die Kripo lässt in solchen Fällen nichts heraus."

„Das sieht ganz nach einem Bandenmord aus", stellte Xaver Marschmann sachverständig fest. „Diese Zurschaustellung einer Leiche war zu meiner Zeit ein beliebtes Warnsignal des organisierten Verbrechens an die Konkurrenz, sich aus bestimmten Geschäften herauszuhalten. Ich hatte da mal einen Fall …“

Ein kollektives Stöhnen kam von den übrigen Stammtischbrüdern. Wenn Xaver Marschmann anfing, von seinen Einsätzen zu berichten, war der Frühschoppen thematisch so gut wie gelaufen. Da galt es sofort gegenzusteuern.

„Hoffentlich wird das Wetter bald besser“, wechselte daher Dr. Ritter abrupt das Thema.

„Hat auch seine Vorteile, wenn es mal regnet“, schloss sich Ron Schneider sofort an. „Die Weinstöcke benötigen dringend Wasser.“

Xaver Marschmann hatte verstanden. Er knurrte etwas Unverständliches vor sich hin, dann nahm er einen kräftigen Schluck von seinem Schoppen und versank in beleidigtes Schweigen.

Erich Rottmann nahm das letzte Stück Leberkäs vom Teller und reichte es Öchsle unter den Tisch, der es hörbar schmatzend in seinem Maul verschwinden ließ. Rottmann musste innerlich grinsen: Er war ganz froh, dass das Thema *Leiche im Glockenspiel* zunächst einmal vom Tisch war. Manchmal dachten seine Stammtischbrüder, er müsse über alle ungeklärten Todesfälle in Würzburg Bescheid wissen.

An dem Tag, an dem der Aufruf der Polizei in der Zeitung erschienen war, stand das Telefon in der Mordkommission der Würzburger Kriminalpolizei nicht still. Man hatte für diese Zwecke eine eigene Nummer eingerichtet, die ständig mit einer Mitarbeiterin der Polizei besetzt war. Man wählte für derartige Aufgaben gerne weibliche Beschäftigte aus, weil man die Erfahrung gemacht hatte, dass Anrufer bei Frauen weniger schüchtern reagierten. Der Apparat stand gegenüber dem Arbeitsplatz von Hauptkommissar Florian Deichler. Das ständige Läuten des Telefons war zwar ziemlich nervig, aber nur so hatte Deichler die Möglichkeit, sich auf ein Zeichen der Polizistin hin sofort in das Gespräch einschalten zu können.

Der entscheidende Anruf kam wenige Minuten nach 14 Uhr. Die Polizeihauptmeisterin Liane Seubert hatte mittlerweile schon sechsundvierzig Telefonate entgegengenommen. Die Hinweise reichten vom vermissten Bruder einer Bürgerin, der seit seinem gestrigen Junggesellenabschied verschollen war, bis hin zur Mitteilung einer Frau, die in dem Toten eindeutig ihren abhanden gekommenen Ehemann erkannt hatte. Während des Anrufs kam jener allerdings in die Wohnung zurück, worauf das Gespräch unterbrochen wurde.

Der Anrufer Nummer siebenundvierzig meldete sich nicht mit Namen. „Bin ich mit der Kriminalpolizei verbunden?“, fragte der Mann.

„Korrekt“, gab Polizeihauptmeisterin Seubert zurück. „Mit wem spreche ich?“

Der Anrufer ging nicht auf die Frage ein. „Gibt's eigentlich eine Belohnung?“, wollte er wissen.

„Leider nein“, gab Liane Seubert zurück. „Ich denke aber, dass Sie trotzdem bereit sind, der Polizei zu helfen, wenn Sie wissen, um wen es sich handelt.“

Geistesgegenwärtig hatte Seubert auf Lautsprecher umgestellt, so dass Deichler mithören konnte. Sie hatte das Gefühl, der Anruf könne wichtig sein. Es trat eine kurze Pause ein, dann fuhr der Mann fort: „Also gut, es handelt sich wahrscheinlich um Igor Rispanovic. Er wohnt im Straßburger Ring 1313 auf dem Heuchelhof.“

Ein Dauerton zeigte an, dass der Mann aufgelegt hatte.

Deichler überlegte einen Augenblick, dann gab er Kollegin Seubert ein Zeichen. „Spielen Sie das bitte noch einmal ab.“

Aufmerksam lauschten die beiden der Stimme. Es handelte sich um einen Mann mit deutlich slawischer Sprachfärbung. Kurz entschlossen griff Deichler zum Telefon und rief die Einsatzzentrale an. „Haben wir eine Streife auf dem Heuchelhof in der Nähe vom Straßburger Ring?“ Die Antwort war positiv. „Dann schickt sie zur Hausnummer 1313. Unser Unbekannter soll Igor Rispanovic heißen und dort wohnen. Wenn Sie etwas herausgefunden haben, benachrichtigen Sie mich bitte sofort. Läuten Sie aber auf keinen Fall und unternehmen Sie auch sonst nichts! Schön unauffällig bleiben!“ Die Einsatzzentrale bestätigte den Auftrag.

Es dauerte eine knappe halbe Stunde, dann klingelte Deichlers Telefon. Es war die Einsatzzentrale, die ihn sofort mit der Streifenbesatzung verband, die auf dem Heuchelhof die Überprüfung vorgenommen hatte.

„Hier Polizeihauptkommissar Horst Popp. Wir sind bei der mitgeteilten Adresse. Der angegebene Name steht auf dem Klingelschild. Was sollen wir tun?“

„Nichts! Bleiben Sie bitte einfach vor Ort in einer Seitenstraße stehen und warten Sie“, ordnete Deichler an. „Ich komme gleich zu Ihnen.“

„Das ist offenbar eine heiße Spur“, erklärte Deichler der Polizistin, die ihn neugierig ansah. „Bleiben Sie bitte hier und nehmen Sie für alle Fälle weitere Telefonate entgegen. Ich fahre hin und sehe mich dort mal um.“

Er öffnete die Schreibtischschublade und nahm seine Dienstpistole heraus. Er steckte sie in das Schulterholster, das er unter seinem Jackett trug, und verließ eilig das Büro. Wenig später hatte er einen zivilen Dienstwagen zugeteilt bekommen und verließ den Hof der Polizeidirektion. Er nahm den Weg über die Konrad-Adenauer-Brücke und fuhr von dort auf der Schnellstraße in Richtung Giebelstadt. Schon nach wenigen Kilometern ordnete er sich in Richtung Heuchelhof ein.

Die Streifenwagenbesatzung hatte sich einen Parkplatz zwischen anderen geparkten Autos gesucht. So war das Einsatzfahrzeug erst auf den zweiten Blick zu erkennen. Deichler nahm es zufrieden zur Kenntnis. Er bremste direkt vor dem Streifenwagen ab, stieg aus und hielt den beiden Beamten seinen Dienstausweis entgegen. Die beiden Uniformierten, ein Mann und eine Frau, stiegen aus.

„Polizeihauptkommissar Popp“, stellte sich der Streifenführer vor. „Das ist Kollegin Christa Endres.“

„Deichler, Mordkommission“, entgegnete Hauptkommissar Deichler knapp. „Was haben Sie bisher unternommen?“

„Wir haben lediglich das Klingelschild kontrolliert. Wir sollten ja ansonsten unauffällig bleiben.“

Deichler nickte zustimmend.

„Dieser Rispanovic wohnt vermutlich im dreizehnten Stockwerk.“ Der Streifenbeamte wies mit dem Daumen auf das Hochhaus hinter sich.

Deichler musterte das Gebäude einen Augenblick, dann erklärte er: „Warten Sie beide bitte hier. Ich gehe mal nachsehen. Wenn ich Sie brauche, rufe ich Sie über Funk." Er wies auf das tragbare Funkgerät, das er unter seiner Jacke trug. Die beiden Uniformierten setzten sich wieder in ihr Fahrzeug.

Die Eingangstür des Gebäudes war nicht verschlossen. Soweit Deichler sehen konnte, war das Schloss ausgebaut. Im Treppenhaus roch es streng. Es war eine Mischung aus Essensgeruch und kaltem Zigarettenrauch. Florian Deichler verzog das Gesicht. Nachdem er einen Blick auf den wenig vertrauenserweckenden, mit allerlei Farbschmierereien versehenen Aufzug geworfen hatte, nahm er die Treppe. Auch die Wände des Treppenhauses waren an vielen Stellen mit diversen Graffitis verziert. Auf jedem Stockwerk gingen vier Wohnungstüren ab, durch welche die unterschiedlichsten Sprachfetzen an sein Ohr drangen. Immer wieder kontrollierte er die Türschilder, soweit überhaupt welche vorhanden waren. Als er das dreizehnte Stockwerk erklommen hatte, ging sein Atem deutlich schneller.

Das Namensschild mit der von Hand geschriebenen krakeligen Aufschrift *Rispanovic* bestand aus einem einfachen Zettel, der offenbar aus einem Block herausgerissen und mit einem Klebestreifen am Türblatt befestigt worden war. Deichler stellte sich dicht vor die Tür und lauschte. Aus der Wohnung drang kein Laut. Der Kriminalbeamte überlegte einen Augenblick, dann ging er schnell einen halben Treppenabsatz tiefer, griff zum Funkgerät und rief seine Kollegen im Streifenwagen. „Kommen Sie bitte in den zwölften Stock und bleiben Sie dort einstweilen auf dem Treppenabsatz stehen. Ich warte auf Sie."

Der Streifenführer bestätigte, dann unterbrach er die Verbindung. Deichler wusste, dass der Beamte nun die Zentrale von dem Einsatz verständigte. Es dauerte gut fünf Minuten, dann hörte Deichler die Schritte der beiden Beamten auf der Treppe. Er wartete, bis er sie sehen konnte, dann gab er ihnen ein Zeichen stehen zu bleiben und zu warten.

Nun betätigte Florian Deichler zweimal hintereinander die Türklingel. Es ertönte ein unregelmäßiges, schepperndes Geräusch. Deichler öffnete seine Jacke ein Stück weit, damit er im Ernstfall schneller an seine Dienstwaffe kam.

Als Deichler gerade seinen Dietrich herausziehen wollte, vernahm er aus der Wohnung ein Geräusch. Nachdem er erkannt hatte, dass die Person hinter der Tür offenbar durch den Spion sah, zückte er seinen Dienstausweis und hielt ihn vor das kleine Bullauge. „Polizei", sagte er vernehmlich. „Öffnen Sie bitte die Tür." Er war gespannt, wer ihm öffnen würde.

Plötzlich gab es ein knackendes Geräusch und die Wohnungstür ging vorsichtig einen Spalt breit auf. Deichlers Hand kroch unwillkürlich unter sein Jackett in Richtung Waffe. Da erschien ein junges, ziemlich verschlafenes weibliches Gesicht im Türspalt und musterte ihn misstrauisch, dann wurde die Tür sofort wieder zugeschlagen.

Deichler drückte erneut nachdrücklich den Klingelknopf. „Bitte öffnen Sie die Tür. Ich muss Ihnen einige Fragen stellen."

Einen Augenblick später hörte man das Klappern einer Sicherheitskette, dann ging die Wohnungstür langsam auf. In der Öffnung stand eine junge Frau. Sie trug einen verwaschenen blauen Kimono, den sie nur locker mit der Hand vorne zusammenhielt. Darunter war sie offensichtlich unbekleidet. Ihre kurzen weißblonden Haare standen ihr wild vom Kopf ab.

Das verschlafene Gesicht und der verschleierte Blick zeugten davon, dass Deichler sie anscheinend aus dem Tiefschlaf gerissen hatte. Offenbar hatte sie sich vor dem Schlafengehen nur flüchtig abgeschminkt. Unter den Augen hatte sie dunkle Ringe, die eindeutig von verschmierter Schminke stammten. Deichler schätzte sie auf Mitte zwanzig, Anfang dreißig. Er zeigte ihr erneut seinen Dienstausweis. „Mein Name ist Deichler, Mordkommission, Kripo Würzburg, kann ich bitte Herrn Rispanovic sprechen? Er wohnt doch hier?"

Es dauerte einen Augenblick, bis die Worte des Kriminalbeamten die verschlafene Frau erreichten. Schließlich krächzte sie mit heiserer Stimme: „Den hab ich schon seit Tagen nimmer gsehn." Sie war unüberhörbar eine Fränkin. Ohne weitere Erklärung machte sie Anstalten, die Tür wieder zu schließen.

Deichler legte schnell die Hand auf das Türblatt und erklärte mit unüberhörbarer Schärfe in der Stimme: „Moment mal, langsam, wir sind noch nicht fertig! Wer sind Sie bitte? Wir haben keine Erkenntnisse, dass Herr Rispanovic mit jemandem zusammenwohnt. Sind Sie mit ihm liiert oder gar seine Ehefrau?"

Als sie ihn ohne zu antworten nur desinteressiert ansah, wurde Deichler amtlich. „Kann ich bitte mal Ihre Papiere sehen?"

„Was soll denn der Quatsch?", gab sie wütend zurück. „Könnt ihr Bullen einen nicht mal in Ruhe auspennen lassen?"

„Die Papiere bitte", wiederholte Deichler scharf, ohne auf die Beleidigung einzugehen. „Wenn Sie sich weigern, kann ich Sie auch wegen Widerstands gegen Vollstreckungsbeamte festnehmen. Dann können wir uns in aller Ruhe auf dem Kommissariat unterhalten." Er hatte hinter seinem Rücken den beiden Streifenbeamten ein Zeichen gegeben. Mit ernsten Mienen stiegen die nun einige Stufen höher und wurden so für die Frau sichtbar. Die stieß einen unterdrückten Fluch aus, dann drehte sie sich um und stapfte in die Wohnung zurück. Die Tür ließ sie offenstehen.

Deichler bedeutete den beiden Kollegen, dass sie warten sollten, dann trat er in den Flur. Der Geruch von kaltem Zigarettenrauch schlug ihm entgegen. Es standen einige aufgestapelte Umzugskartons herum. An der Wand war ein billiger Kleiderrechen befestigt, an dem mehrere Kleidungsstücke hingen. Ansonsten war der Flur unmöbliert. Drei Türen führten in dahinterliegende Räume.

Es dauerte einen Moment, dann kam die Frau aus einem der Zimmer. Deichler konnte sehen, dass der Raum völlig abgedunkelt war. Offenbar befand sich dort das Schlafzimmer. Wortlos hielt sie Deichler ihren Personalausweis hin. Ihren Kimono hatte sie mittlerweile geschlossen.

Deichler nahm den Ausweis entgegen und studierte ihn. „Sie sind Frau Roswitha Stark?"

„Steht doch da, oder?", gab sie gereizt zurück.

„Hier steht aber als Wohnadresse Gramschatzer Straße 99 in Rimpar. Wohnen Sie dort nicht mehr?"

„Im Augenblick nicht."

Er drehte den Ausweis herum. „Sie wissen, dass er schon seit zwei Jahren abgelaufen ist?"

„Kann sein, da habe ich nicht drauf geachtet."

„Sollten Sie aber so schnell wie möglich nachholen, sonst bekommen Sie Ärger. Noch einmal meine Frage: Sind Sie mit Herrn Rispanovic liiert?"

„Was heißt liiert. Wir haben uns bei einem gemeinsamen Aufenthalt in … im Ausland kennen gelernt. Er hat gesagt, ich kann bei ihm wohnen, bis ich was Eigenes gefunden habe. Wir kommen uns kaum in die Quere, weil er am Tag arbeitet und ich in der Nacht."

„Was macht Herr Rispanovic beruflich und wo sind Sie beschäftigt?", fragte Deichler nach.

„Er arbeitet im Weingut Bürgerspital und ich bin im *Wellness-Tempel* in Würzburg als … Bardame beschäftigt", erwiderte sie.

Deichler verzog keine Miene, obwohl die Tatsache, dass der Tote im Bürgerspital gearbeitet hatte, im Hinblick auf den Fundort der Leiche eine besondere Note bekam. Was die Beschäftigung von Roswitha Stark betraf, hatte er sich schon so etwas gedacht. Der *Wellness-Tempel* in der Gattingerstraße war ein neues Rotlichtetablissement, das erst kürzlich geöffnet hatte.

„Frau Stark, Sie haben angegeben, Herrn Rispanovic schon länger nicht mehr gesehen zu haben. Wie lange?"

„Mein Gott, keine Ahnung. Drei, vier Tage vielleicht. Aber das ist nicht ungewöhnlich. Manchmal sehen wir uns eine ganze Woche nicht. Igor schläft im Sommer öfters in irgendwelchen Weinbergshütten."

„Haben Sie hier zufällig ein Bild von Herrn Rispanovic?"

„Mannomann, was Sie nicht alles wissen wollen mitten in der Nacht. Ich wühle für gewöhnlich nicht in seinen Sachen rum. Gehen Sie halt einfach in das Wohnzimmer rüber, vielleicht liegt da was rum."

Deichler gab den Streifenbeamten ein Zeichen, ihm zu folgen. Die beiden schlossen die Wohnungstür von innen und betraten das sogenannte Wohnzimmer. Der Raum war ebenfalls höchst spartanisch ausgestattet. Eine Ecke dominierte ein großer Plasmafernseher, davor standen ein niedriger Couchtisch und zwei abgewetzte Sessel. Auf dem Tisch lagen einige Pornohefte und eine Fernsehzeitschrift. Daneben standen ein überquellender Aschenbecher und eine leere Bierflasche. An der Wand befand sich ein Regal, das man sonst eher in einem Keller vermutet hätte und das die Einrichtung vervollständigte. Auch hier war nicht gelüftet und abgestandener Zigarettenqualm bestimmte das muffige Raumklima.

Die drei Polizeibeamten zogen sich Gummihandschuhe an und sahen auf der Suche nach einem Foto die Gegenstände durch, die überall herumlagen.

„Kann mir endlich mal einer sagen, was das hier soll?" Jetzt schien die Frau richtig wach zu sein.

Deichler holte aus seiner Jackentasche einen Abzug des Bildes heraus, das in der Zeitung erschienen war.

„Anscheinend haben Sie keine Zeitung gelesen", stellte er fest, „sonst hätten Sie mitbekommen, dass wir in Würzburg eine unbekannte Leiche haben. Wir haben dieses Bild vom Toten veröffentlicht und daraufhin einen Hinweis erhalten,dass es sich bei ihm um Igor Rispanovic handeln soll." Er hielt ihr das Foto unter die Nase. „Ist das hier Igor Rispanovic?"

Sie starrte ohne sonderliche Betroffenheit auf das Bild. Nach einer Weile meinte sie: „Ja, das könnte er schon sein."

„Wissen Sie, welchen Umgang Rispanovic pflegte? Hatte er Freunde, Bekannte, Arbeitskollegen, die ihn öfter einmal besuchten?"

„Nicht dass ich wüsste", gab die Frau zurück. Sie hatte die Schultern hochgezogen, als wäre ihr kalt. „Er lebte sehr zurückgezogen. Und was er in der Nacht machte, kann ich nicht sagen, weil ich gearbeitet habe."

Deichler merkte, dass er aus der Frau im Augenblick nicht mehr herausbekommen würde. „Ich muss Sie bitten, sich anzuziehen, ihre Sachen zusammenzupacken und mit uns die Wohnung zu verlassen. Wir werden sie versiegeln, weil die Spurensicherung sie noch gründlich untersuchen muss. Rispanovic ist mit hoher Wahrscheinlichkeit keines natürlichen Todes gestorben. Wir müssen von einer Gewalttat ausgehen."

„Ihr könnt mich doch nicht so einfach rauswerfen. Wo soll ich denn hingehen?"

Deichler zuckte mit den Schultern. „Sie können doch nach Hause nach Rimpar fahren."

„Mist! Kann ich eben nicht. Mit denen habe ich schon lange nichts mehr zu tun."

„Dann müssen Sie halt bei Bekannten unterschlüpfen oder in ein Hotel gehen. Hier können Sie jedenfalls nicht bleiben! Bitte machen Sie keine Umstände und ziehen Sie sich an. Kollegin Endres wird Sie begleiten. Der Streifenwagen wird Sie dann in die Polizeidirektion bringen. Dort werden Sie erkennungsdienstlich behandelt, damit die Spurensicherung Ihre Fingerabdrücke von den anderen hier in der Wohnung unterscheiden kann."

Zischende Schimpflaute ausstoßend marschierte Roswitha Stark mit der jungen Polizistin im Gefolge aus dem Raum. Zehn Minuten später hatte sie sich angezogen und eine kleine Reisetasche gepackt. Widerstrebend übergab sie Deichler den Wohnungsschlüssel, der mittlerweile über Funk die Spurensicherung angefordert hatte. Er würde in der Wohnung bleiben, bis die Beamten eintrafen.

Als die Streifenbesatzung mit Roswitha Stark das Haus verließ, folgten ihnen hinter den Fenstern zahlreiche neugierige oder misstrauische Blicke, darunter auch die des Nachbarn, der der Polizei den entscheidenden Hinweis gegeben hatte.

Der neutrale Kleinbus mit den Beamten der Spurensicherung kam eine knappe Dreiviertelstunde später. Die drei Beamten trugen keine Uniformen, so dass niemand im Haus von ihnen Notiz nahm.

Eineinhalb Stunden später verließen Deichler und die Männer der Spurensicherung die Wohnung wieder. Der Kripobeamte verschloss die Wohnungstür mit einem Polizeisiegel.

Die Einladung in die Suite 111 des Hotels Steinburg oberhalb der bekannten Weinlage Würzburger Stein hoch über dem Main war für den Würzburger Oberbürgermeister Schorsch Thalrose, Stadtoberhaupt der Mainmetropole, völlig überraschend gekommen. Als Gastgeber war auf der Einladungskarte Dimitri Olgakovic, Leitender Direktor des russischen Pharmaunternehmens Здоровье для всех gestanden. Nach Auskunft einer Rathausmitarbeiterin, die der russischen Sprache mächtig war, bedeutete das so viel wie *Gesundheit für alle.* Auf der Einladungskarte war außerdem vermerkt, dass auch Ralf-Werner Kötzinghagen, der Vorstandsvorsitzende der Europäischen Immobilienunion AG, die unter anderem Eigentümerin des schon seit Jahren vor sich hin gammelnden Hotelturms an der Schweinfurter Straße in Würzburg war, bei der Besprechung dabei sein würde. Der Oberbürgermeister hatte keine Ahnung, was diese Einladung bedeuten sollte. Er kannte weder das Pharmaunternehmen noch dessen Direktor. Aber allein die Tatsache, dass es dabei offenbar um den Hotelturm ging, war Grund genug, zuzusagen. Thalrose war klar, dass er, wenn es ihm gelingen sollte, diese Bauruine einer vernünftigen Nutzung zuzuführen, unsterblich in die Annalen der Stadt eingehen würde.

Das Besondere dieses Treffens war an der Tatsache abzulesen, dass der Gastgeber wegen des heiklen Gesprächsthemas einer diskreten Umgebung außerhalb der Stadt den Vorzug gab. Oberbürgermeister Thalrose hatte ebenso wenig Interesse daran, dass gleich morgen über eventuelle Gesprächsinhalte in den Medien berichtet wurde. Derart ungefilterte Nachrichten waren in der Lage, mögliche positive Entwicklungen zum Scheitern zu bringen.

Die drei Herren trafen sich in der geräumigen Suite des Gastgebers, der es sich nicht hatte nehmen lassen, vom Hotel eine kleine Stärkung auftischen zu lassen. Dazu stand ein Bocksbeutel Silvaner Spätlese im Kühler, selbstverständlich von der berühmten Weinlage unterhalb des Hotels.

Der Gastgeber hatte dafür gesorgt, dass seine Gäste das Hotel diskret durch einen Hintereingang betreten konnten – eine weitere ungewöhnliche Vorsichtsmaßnahme, die Oberbürgermeister Thalrose erst recht neugierig auf das Treffen machte. Der Geschäftsführer des Hotels selbst geleitete Thalrose und Kötzinghagen zur Suite. Da man einem Hoteldirektor kein Trinkgeld zumuten konnte, hatte Olgakovic ihm bei entsprechender Diskretion in Aussicht gestellt, dass sein Unternehmen die nächsten drei Jahre alle in Deutschland stattfindenden Fortbildungstagungen des Unternehmens im Hotel Steinburg durchführen würde.

Nachdem sich die drei Herren gegenseitig vorgestellt und begrüßt hatten, setzten sie sich. Der Hoteldirektor persönlich kredenzte ihnen den Wein, dann ließ er sie alleine. Olgakovic hob das Glas und erklärte im besten Hochdeutsch: „Meine Herren, ich danke Ihnen sehr herzlich, dass Sie meiner Einladung gefolgt sind. Sie haben sicher Verständnis dafür, dass ich dieses Treffen mit größtmöglicher Diskretion organisiert habe. Ich denke, keiner von uns hat ein Interesse daran, dass wir morgen Dinge in der Presse lesen, die wir heute gar nicht besprochen haben. Aber zunächst einmal herzlich willkommen und zum Wohle!“

Er hob das Glas und die beiden anderen taten es ihm gleich.

Oberbürgermeister Thalrose nahm nur einen kleinen Schluck, weil er die Wirkung einer Spätlese nur zu gut kannte und einen klaren Kopf behalten wollte.

„Unser Unternehmen steht, wie Sie sich denken können, im ständigen weltweiten Wettbewerb und ist daher bestrebt, bei neuen Trends oder wissenschaftlichen Neuerungen an erster Stelle mitmischen zu können."

Oberbürgermeister Thalrose hörte aufmerksam zu, konnte sich jedoch überhaupt nicht vorstellen, welche neuen Trends ein *Globalplayer* wie Здоровье для всех im Mainfränkischen auf dem Gesundheitsgebiet entdeckt haben könnte.

Olgakovic sah freundlich in die Runde, dann stand er auf und ging zum Nebentisch, auf dem leckere Häppchen angerichtet waren, die er seinen Gästen anbot: „Meine Herren, greifen Sie doch bitte erst einmal zu. Eine kleine Stärkung beschwingt die Gedanken."

Beide Gäste lehnten dankend ab und verwiesen auf später.

„Kein Problem", erwiderte Olgakovic und setzte sich wieder auf seinen Platz. „Ich erzähle Ihnen sicher nichts Neues, wenn ich sage, dass der Bereich Wellness ein rapide wachsender Geschäftszweig ist. Produkte aus diesem Sektor machen in den europäischen Staaten einen großen Teil unserer Umsätze aus, und das mit steigender Tendenz.

Meine Herren, unser Unternehmen hat Mitarbeiter weltweit. Wir nennen sie, obwohl wir ein russisches Unternehmen sind, Scouts. Sie informieren uns über neue Entdeckungen im medizinischen Bereich und über Trends im Wellnessbereich. Auf diese Art und Weise haben wir auch von einer Entdeckung erfahren, die in einem kleinen Weindorf in der Nähe von Würzburg gemacht wurde. Obwohl wir bis jetzt nur über eingeschränkte Daten verfügen, sind wir zu der Entscheidung gekommen, dass es für uns interessant wäre, dort zu investieren."

Oberbürgermeister Thalrose hörte gespannt zu, ließ sich aber zu keiner Äußerung hinreißen. Ralf-Werner Kötzinghagen verharrte ebenfalls schweigend. Offenbar konnte er sich noch nicht vorstellen, was seine Firma mit einem Pharmaunternehmen zu schaffen haben konnte.

Olgakovic machte bewusst eine kleine Pause, um das Gesagte wirken zu lassen. Er war ein geschickter Verhandlungsführer, der eine bewährte Strategie konsequent verfolgte. Langsam nahm er einen Schluck Wein, dann fuhr er fort: „Sie werden sicher verstehen, dass ich noch nicht alle Informationen auf den Tisch legen möchte, aber Folgendes kann ich sagen: Sollten sich unsere bisherigen Einschätzungen bestätigen, planen wir, in Würzburg ein großes Gesundheitszentrum mit dem Schwerpunkt auf ganzkörperlicher Wellness zu errichten. Dieses Unternehmen würde der Stadt in erheblichem Umfang Steuereinnahmen bringen. Natürlich würden dadurch auch zahlreiche Arbeitsplätze geschaffen. Wir planen, den sogenannten Hotelturm in der Schweinfurter Straße zu erwerben. Uns schwebt ein ganzheitliches Gesundheitskonzept vor: Alles, was der moderne und gestresste Mitteleuropäer für sein Wohlbefinden benötigt, vereint im neuen ‚Wellness-Tower'."

Er sah seine beiden Gäste beifallheischend an, dann fuhr er fort: „Nachdem dieses Gebäude, wie ich weiß, schon seit vielen Jahren trotz zahlreicher Bemühungen keiner Nutzung zugeführt werden konnte, würden wir es gern günstig erwerben." Er warf Kötzinghagen einen Blick zu, dann wandte er sich an Thalrose: „Von der Stadt erwarten wir großzügige Unterstützung bei den erforderlichen Baugenehmigungsverfahren. Das Gebäude müsste völlig umgebaut werden. Wir möchten auch gern auf dem angrenzenden Bahngelände, das im Augenblick ja brachliegt, einen großzügigen Park errichten. Zudem brauchen wir Parkplätze und wollen in der Nähe eine entsprechende Infrastruktur aufbauen. Alles Maßnahmen, die vom Bauausschuss des Würzburger Stadtrats genehmigt werden müssten. Aber ich denke, da können Sie, sehr verehrter Herr Oberbürgermeister, entsprechenden Einfluss nehmen." Er trank einen Schluck Wein, dann lehnte er sich bequem zurück. „Meine Herren, die Karten liegen jetzt auf dem Tisch. Nun sind Sie am Zug."

Diese überraschende Eröffnung musste Thalrose erst einmal verdauen. Auch der andere Gast an seiner Seite war sichtlich überrascht. Schließlich räusperte sich der Oberbürgermeister und meinte, mühsam seine innere Erregung unterdrückend: „Ich bin von Ihrem Angebot überrascht. Grundsätzlich kann ich sagen, dass die Stadt Würzburg an der Erschließung neuer Ressourcen größtes Interesse hat. Natürlich wäre es erforderlich, dass Sie mir, bevor wir im Stadtrat darüber sprechen, nähere Informationen in Form eines transparenten Konzepts zukommen lassen, das ich mit meinen Fachreferenten besprechen kann. Ich darf jedoch nochmals betonen, dass ich als Oberbürgermeister dieser Stadt an Industrieansiedlungen sehr interessiert bin." Er machte eine kurze Pause, dann fragte er: „Können Sie mir sagen, wie Sie an die Informationen gekommen sind? Aktivitäten in unserer Region gehören doch sicher nicht zum üblichen Geschäftsfeld eines russischen Pharmaunternehmens."

Olgakovic lächelte verhalten. „Lassen Sie es mich einmal so ausdrücken: Wir haben Personal eingesetzt, das mit der Region vertraut ist und sich hier unauffällig bewegen kann."

Thalrose wusste, dass er nicht mehr erfahren würde, deshalb fragte er in diese Richtung nicht weiter. „Nun gut", erwiderte er, „ich kann Ihnen jedenfalls zusichern, dass wir jede vernünftige Option für die längst überfällige Nutzung des Hotelturms wohlwollend prüfen werden."

Er sah seinen schweigsamen Nachbarn herausfordernd an.

Ralf-Werner Kötzinghagen zeigte ein absolutes Pokerface. Thalrose war klar, dass dessen Firma ein großes Interesse daran haben musste, dieses nutzlose Gebäude endlich loszuwerden. Das wusste Olgakovic natürlich auch.

„Ich schlage Ihnen vor, uns ein Angebot zu unterbreiten", erklärte Kötzinghagen schließlich. „Sie werden verstehen, dass wir das Gebäude in dieser guten Lage nicht verschleudern können."

Der Pharmadirektor lächelte, dann meinte er: „Wir werden Ihnen ein Angebot unterbreiten, das Sie nur schwerlich werden ablehnen können."

Nachdem nun alles besprochen war, tauschten die Männer noch Höflichkeiten aus, dann erhob sich Oberbürgermeister Thalrose als Erster und meinte: „Herzlichen Dank für die Einladung. Lassen Sie mir bitte Ihre Unterlagen zukommen. Ich werde Sie dann mit meinen Referenten durchgehen."

Auch Olgakovic erhob sich. „Es hat mich sehr gefreut, dass Sie meiner Einladung gefolgt sind."

Als er seine Gäste zur Tür seiner Suite begleitete, meinte Thalrose zum Abschied: „Sie sprechen ein ganz ausgezeichnetes, akzentfreies Deutsch."

Der Russe lächelte wieder. „Wissen Sie, Herr Oberbürgermeister, meine Mutter ist Deutsche und stammt aus Würzburg. Mein Vater ist Ukrainer. Ich bin zweisprachig aufgewachsen. Als ich mit dem Studium begann, wollte ich das in der Geburtsstadt meiner Mutter tun, die mir viel von ihrer Heimat erzählt hat. So habe ich fünf Jahre in Würzburg Betriebswirtschaft studiert. Daher habe ich einen engen Bezug zu dieser Stadt. Dass ich jetzt für Würzburg auch noch wirtschaftlich etwas tun kann, freut mich besonders."

Es war früher Nachmittag, als es an der Tür von Elvira Stark läutete. Sie war gerade dabei, ihre Handtasche zu packen, da sie in der Stadt noch einige Kleinigkeiten erledigen wollte, bevor sie ihre Arbeit im Würzburger Rathaus antrat. Sie war dort als Reinemachefrau auf der Chefetage eingesetzt und legte größten Wert darauf, diese Vertrauensstellung sorgfältig auszufüllen. Sie zögerte kurz, dann ging sie an die Tür. Es konnte der Paketbote sein, da sie ein Päckchen erwartete. Daher betätigte sie den Türöffner, ohne die Sprechanlage zu benutzen. Als das Summen des Öffners ertönte, hörte sie ein zaghaftes Klopfen.

‚Nanu', dachte Elvira Stark, offenbar war der Paketbote auf andere Weise ins Haus gekommen. Wie es ihre Art war, öffnete Elvira energisch die Tür.

Als sie die junge Frau sah, die auf ihrem Fußabstreifer stand, zog sie verwundert die Augenbrauen in die Höhe. Im nächsten Moment war sie wie vom Blitzschlag getroffen und legte die Hand auf ihr Herz. „Mein Gott! Roswitha …? Bist du's wirklich?" Ungläubig musterte sie die junge Frau von Kopf bis Fuß. Nachdem sie sich etwas gefangen hatte, bildete sich auf ihrer Stirn oberhalb der Nasenwurzel eine steile Falte. Gleichzeitig trat sie einen halben Schritt zurück.

„Hallo, Tante Elvira", schallte es ihr kleinlaut entgegen.

„Das gibt's ja nicht, du bist es wirklich, Roswitha!", erwiderte Elvira Stark. Sie hatte einen regelrechten Schock. Dann herrschte zwischen Tür und Angel plötzlich Sprachlosigkeit, was bei Elvira ein höchst seltener Zustand war. Die beiden standen sich gegenüber und musterten sich wortlos. Schließlich gab sich Elvira Stark einen Ruck und meinte: „Weißt du, wie lange wir uns nicht mehr gesehen haben? Das dürften fast zehn Jahre sein. Ich wusste ja nicht einmal, ob du noch lebst. Du kannst dir vorstellen, dass ich ziemlich überrumpelt und außer Fassung bin." Nach einer kurzen Pause fuhr sie fort: „Die Umstände unserer letzten Begegnung waren ja, wie du dich sicher erinnern kannst, sehr unerfreulich. Du hast mir damals gesagt, dass ich für dich gestorben bin."

Roswitha schlug die Augen nieder. „Du hast recht", gab sie leise zurück. „Aber ich war jung und dumm und wollte mit dem Kopf durch die Wand." Sie legte eine kurze Pause ein, dann erklärte sie. „Ich kann dir nur sagen, dass es mir schrecklich leidtut."

Elvira Stark zögerte einen Moment, dann besann sie sich und öffnete die Tür vollständig. „Jetzt komm erst mal herein. Ich bin wirklich gespannt zu erfahren, was dich nach so langer Zeit zu mir führt."

Roswitha nickte, dann nahm sie die Reisetasche auf, die sie im Hausflur neben sich abgestellt hatte, und trat langsam über die Türschwelle.

Elvira streifte die Tasche mit einem kurzen Blick. Offenbar handelte es sich nicht nur um eine kurze Stippvisite.

Sie müsste mittlerweile um die dreißig sein, überlegte Elvira, während sie ihren Überraschungsgast mit einer Handbewegung in das Wohnzimmer bat. Sie wirkte jedoch deutlich älter. Ihr Gesicht trug Zeichen eines unruhigen Lebenswandels.

Roswitha war die jüngste Tochter ihres verstorbenen Bruders August. August und seine Frau Eva waren vor etwa fünfzehn Jahren bei einem schweren Verkehrsunfall ums Leben gekommen. Elvira, die damals noch in Rimpar gewohnt hatte, hatte die verwaiste Roswitha, die kurz vor der Volljährigkeit gestanden hatte, aufgenommen. Das Mädchen hatte schon damals ihren Eltern Sorgen bereitet, weil es sich in zwielichtigen Kreisen herumtrieb. Der Tod der Eltern hatte das Mädchen dann völlig aus der Bahn geworfen. Elvira hatte irgendwann den Verdacht, dass Roswitha Drogen nahm. Sie hatte es mit guten Worten und im Streit versucht, Rosi, wie sie sie nannte, wieder auf den richtigen Weg zu führen. Aber das Mädchen hatte sich ihr immer mehr entzogen. Nachdem Rosi volljährig geworden war, hatte sie, trotz Elviras heftigem Widerstand, die Schule geschmissen und bei einem Freund in einem Tattoostudio gearbeitet. In der Folgezeit war es immer häufiger zu schweren Auseinandersetzungen gekommen, weil Elvira befürchtet hatte, dass das Mädchen immer tiefer in die Drogenszene abrutschen würde.

Eines Tages hatte Elvira Roswitha in Begleitung eines Mannes gesehen, der deutlich älter war als sie. Er fuhr einen amerikanischen Nobelschlitten, trug edle Kleidung und teuren Schmuck. Elvira hatte Erkundigungen eingezogen und erfahren, dass der Typ einige Nachtlokale besaß und eine bekannte Figur in der Rotlichtszene war. Der Verdacht, dass Roswitha möglicherweise der Prostitution nachging, hatte Elvira wie ein Keulenschlag getroffen. Sie fühlte sich in der Verantwortung gegenüber ihrem verstorbenen Bruder und sah schließlich keinen anderen Ausweg mehr, als gegen ihre eigene Nichte Strafanzeige zu erstatten. Daraufhin hatte es einen letzten heftigen Streit zwischen Rosi und ihr gegeben, danach hatte Elvira Stark ihre Nichte nicht mehr gesehen. Bis zu diesem Tag.

„Kann ich dir einen Kaffee anbieten?", fragte Elvira, um die zwischen ihnen deutlich spürbare Beklommenheit zu überwinden. „Du siehst aus, als könntest du einen vertragen. Dann erzählst du mir, was dich so überraschend zu mir geführt hat."

Roswitha nickte dankbar. Sie saß mit geradem Rücken steif

auf dem vorderen Rand der Couch. Ihr Blick hatte etwas Unstetes. Der Vergleich mit einem Tier, das jeden Moment aus einer Ecke des Raumes einen Angriff erwartete, drängte sich Elvira auf.

Sie ging in die Küche und setzte die Kaffeemaschine in Gang. Sie brühte auch für sich eine Tasse mit. Dieser unerwartete Besuch hatte sie erheblich mehr aus dem Gleichgewicht gebracht, als sie sich eingestehen wollte. Sie warf einen Blick auf ihre Armbanduhr. Der Stadtgang war gestrichen.

Ein paar Minuten später saßen sich die beiden Frauen gegenüber. Vor jeder stand eine dampfende Tasse Kaffee. Unauffällig musterte Elvira ihr Gegenüber. Die junge Frau hatte eine pfiffige Kurzhaarfrisur, die ihrem rundlichen Gesicht schmeichelte. Die Haare waren weißblond gefärbt. Roswithas natürliche Haarfarbe war Brünett, wie sich Elvira erinnerte. Das Blond in Verbindung mit dem solariumgebräunten Teint verlieh Roswithas Gesicht etwas Lausbubenhaftes. Dieser Eindruck wurde allerdings durch die Ringe unter ihren Augen und die Müdigkeit, die ihre Gesichtszüge ausstrahlten, gestört.

Ihre Nichte trug eine enge weiße, kurzärmelige Seidenbluse, die für Elviras Geschmack eindeutig zu transparent war. An ihrem linken, sehr muskulösen Oberarm war ein Tattoo zu erkennen. Es handelte sich um die recht realistische Darstellung eines auf den Hinterläufen stehenden Bären. Ihr ebenfalls weißer Rock war sehr kurz und gab den Blick auf ihre schlanken, gebräunten Beine frei, die ebenfalls sehr muskulös waren. Anscheinend trieb sie regelmäßig Sport. Ihre Fingernägel waren sehr lang und gepflegt. Diese Hände übten sicher keinen handwerklichen Beruf aus.

Elvira räusperte sich: „Rosi, ich denke, du bist mir eine Erklärung schuldig."

Roswitha Stark nahm vorsichtig einen Schluck vom heißen

Kaffee, dann sagte sie: „Tante Elvira, ich will nicht um den heißen Brei herumreden. Ich stecke in ziemlichen Schwierigkeiten und brauche dringend Hilfe. Es gibt sonst niemanden, der mir helfen könnte. In Rimpar kann ich mich ja nicht mehr sehen lassen."

Elvira sah das Mädchen lange an, dann entgegnete sie: „Das habe ich mir schon gedacht, dass du nicht gekommen bist, weil du plötzlich deine Familienbande neu entdeckt hast." Sie lehnte sich zurück. „Ich schlage vor, du erzählst mir einfach alles. Wenn ich kann, werde ich dir helfen. Ich sage dir aber gleich, dass ich dich nicht bei irgendwelchen krummen Sachen unterstützen werde."

Roswitha nickte. „Das kann ich gut verstehen, das würde ich von dir auch nicht verlangen. Es tut mir leid, aber ich kann dir im Augenblick wirklich nicht alles erzählen, weil ich dich sonst damit in Gefahr bringen würde. Bitte glaube mir das. Ich muss versuchen, da wieder alleine herauszukommen. Was mir schon sehr aus der Patsche helfen würde, wäre, wenn du mir für einige Tage Unterschlupf gewähren könntest. Ich muss ganz einfach einige Zeit von der Bildfläche verschwinden. Wenn die Lage für mich wieder einigermaßen sicher ist, bin ich wieder weg."

Elvira Stark runzelte die Stirn und verschränkte die Arme vor der Brust. „Roswitha, das gefällt mir gar nicht! Du kennst meine Einstellung, daran hat sich nichts geändert. Du kannst doch nicht nach so vielen Jahren aus heiterem Himmel hierherkommen, mich um Hilfe bitten, mir aber nicht sagen wollen, wo das Problem liegt. Wie es aussieht, bist du in Gefahr."

Roswitha rutschte auf der Couch unruhig hin und her. „So kann man das nicht sagen, Tante Elvira." Sie zögerte, dann fuhr sie fort: „Ich kann verstehen, dass du misstrauisch bist. Schließlich ist es damals zwischen uns wirklich blöd gelaufen." Sie zögerte, dann verbesserte sie sich. „Ich meine natürlich, ich habe mich völlig falsch verhalten." Sie nahm einen Schluck Kaffee, dann schien sie einen Entschluss gefasst zu haben. „Also gut, ich werde dir ein bisschen was erzählen, damit du mir glaubst." Sie setzte sich aufrecht hin. Man konnte förmlich sehen, wie sie sich konzentrierte. „Als ich seinerzeit abgehauen bin, hat mich Toni, so hieß der Typ, mit dem ich damals zusammen war, mit nach Moskau genommen. Toni hatte hier in Deutschland ziemlich viel Kohle gemacht und wollte in Moskau groß ins Rotlichtgeschäft einsteigen. Er sagte mir, dass ich mit meinem Aussehen in dieser Stadt, in der dieser Geschäftsbereich damals boomte, jede Menge Geld machen könne."

Sie trank erneut einen Schluck, um sich zu sammeln. „Wir waren fünf Monate in Moskau und wohnten sehr komfortabel in einer Villa mit eigenem Personal. Toni brachte mich in einer Bar unter, in der ich als Bardame arbeiten konnte und ordentlich verdiente. Toni war an dem Geschäft offenbar beteiligt. Vom ersten Tag an war ich bemüht, die russische Sprache zu lernen, um mich verständigen zu können. Unsere Köchin hat mir dabei sehr geholfen.

Dann kam Toni eines Tages nicht mehr nach Hause. Die Polizei fand ihn mit fünf Kugeln in der Brust in einer Seitenstraße. Die russische Polizei gab sich keine große Mühe, die Sache aufzuklären. Wahrscheinlich war er irgendwelchen Mafiagrößen in die Quere gekommen. Ich habe alles Geld, das Toni im Haus aufbewahrte, genommen und bin bei Nacht und Nebel aus Moskau abgehauen." Mit zusammengekniffenen Augen sah sie kurz zum Fenster hinaus. Die Erinnerungen hatten sie in ihren Bann gezogen. „Es hat mich nach Estland verschlagen. Dort habe ich bei einer Firma, die deutschsprachige Mitarbeiter suchte, einen Job bekommen. Sie wollten nach Deutschland expandieren. Ich machte eine Ausbildung, ein Jahr später war ich wieder in Deutschland." Sie nahm erneut einen Schluck Kaffee.

„Nachdem ich wieder hier war, habe ich diesen Job hingeschmissen. War mir zu anstrengend. Geld hatte ich ja noch. Damit habe ich mich in eine Nachtbar hier in Würzburg eingekauft.“ Sie musterte ihre Tante mit einem prüfenden Blick.

Elvira Stark hatte diesen Bericht mit nahezu unbeweglicher Miene zur Kenntnis genommen. Obwohl ihr viele Fragen auf der Zunge brannten, sagte sie nichts. Sie wunderte sich eigentlich nicht, welche Entwicklung Rowithas Leben genommen hatte.

Als die junge Frau merkte, dass sich ihre Tante offenbar nicht äußern wollte, fuhr sie fort: „Bei der Arbeit in der Bar habe ich ein paar Typen kennengelernt, die mir einen zusätzlichen Job angeboten haben. Leider haben sich einige Schwierigkeiten oder nennen wir es besser Missverständnisse ergeben, so dass meine Auftraggeber ziemlich sauer auf mich sind.

Tante Elvira, sei mir bitte nicht böse, wenn ich dir jetzt nicht mehr sage. Jedenfalls brauche ich für einige Zeit einen sicheren Unterschlupf. Ich dachte, du könntest mir vielleicht helfen?“ Sie sah ihre Tante mit großen Augen an.

Jetzt atmete Elvira tief durch. Das war typisch Roswitha, sie hatte ein ausgesprochenes Talent, sich in Schwierigkeiten zu bringen.

„Solltest du nicht zur Polizei gehen? Wenn du nichts Gesetzwidriges getan hast, hast du auch nichts zu befürchten. Sie würde dich beschützen!“

Roswitha schüttelte heftig den Kopf. „Auf keinen Fall! Im Augenblick sind die Kerle nur sauer. Wenn ich zu den Bullen gehen würde, gäbe es erst richtig Ärger. Du hast keine Ahnung, zu was diese Typen fähig sind!“ Ihre Hand begann leicht zu zittern.

Langsam, um etwas Zeit zu gewinnen, führte Elvira die Tasse zum Mund und trank. „Kind, in was für eine Gesellschaft bist du da wieder geraten!“ Sicher war die Sache nicht so harmlos, wie Roswitha ihr glauben machen wollte.

Roswitha senkte den Blick.

Schließlich hatte sich Elvira zu einer Entscheidung durchgerungen. „… und du kannst mir versichern, dass du nichts Strafbares gemacht hast?“

„Ja! Ich sollte nur etwas herausfinden, und dann an meinen Auftraggeber weitergeben.“

Elvira stellte die Kaffeetasse auf den Tisch zurück.

„Gut, Rosi, ich werde dir helfen. Auch wenn ich der Meinung bin, dass du das eigentlich nicht verdient hast, so wie du damals mit mir umgesprungen bist. Jetzt siehst du ja, wohin dein Starrsinn geführt hat. Aber vielleicht ist das die Gelegenheit für dich, aus der Misere herauszukommen und dein Leben zu ändern. Ich mache das auch, weil ich mich deinem verstorbenen Vater gegenüber noch immer verpflichtet fühle. Du kannst also bei mir bleiben, so lange du willst.“

„Danke, Tante Elvira!“, kam es von ihrem Gegenüber. Elvira meinte für einen Augenblick auf dem Gesicht ihrer Nichte ein triumphierendes Lächeln gesehen zu haben. Doch im nächsten Moment war dieser Eindruck verschwunden.

Elvira warf einen neuerlichen Blick auf ihre Armbanduhr. „Ich muss jetzt leider zur Arbeit.“ Sie erhob sich. „Ich habe das Gefühl, dass du eine Dusche und ein paar Stunden Schlaf gebrauchen könntest. Komm mit, ich zeige dir das Bad und das Gästezimmer. Der Kühlschrank ist voll, wenn du also hungrig bist, dann bedien dich.“

Roswitha folgte Elvira durch die Wohnung und bekam alles Wissenswerte gezeigt.

„Ich lasse dir für alle Fälle meine Handynummer da, damit du mich erreichen kannst. Ich bin bis ungefähr 19 Uhr wieder zurück. Anrufe oder Besucher erwarte ich nicht. Sollte also das

Telefon läuten, dann lass es klingeln, es hängt ein Anrufbeantworter dran. Wer was will, kann eine Nachricht hinterlassen. Und wenn es an der Tür läutet, dann ignorier es. Wer mich kennt, weiß, dass ich um diese Zeit nicht zuhause bin." Sie warf ihrer Nichte einen prüfenden Blick zu. „Kann ich sonst noch etwas für dich tun?"

Roswitha schüttelte den Kopf. „Ich kann dir gar nicht sagen, wie froh ich bin, dass ich hierbleiben kann."

„Also gut, ich muss jetzt los." Elvira packte ihre Handtasche und nahm den Hausschlüssel. „Ruh dich aus und … fühl dich wie zuhause." Sie lächelte ihr zum ersten Mal aufmunternd zu, dann verließ sie ihre Wohnung. Ganz so entspannt, wie sie tat, war sie in Wirklichkeit nicht.

Roswitha blieb noch einen Augenblick nachdenklich stehen und starrte auf die weiße Wohnungstür. Dann schnappte sie sich ihre Tasche und ging in das geräumige Bad. Sie war wirklich hundemüde.

Dass sie ihrer Tante nur eine sehr vereinfachte Version der Wahrheit erzählt hatte, berührte sie nicht sonderlich. Sie war eine gute Schauspielerin. Das war eine Voraussetzung für ihren Job. Der Besuch bei Elvira Stark war eigentlich für etwas später vorgesehen gewesen, nachdem sie aber die Wohnung von Rispanovic nicht mehr nutzen konnte, hatte sie sich spontan entschieden, schon jetzt mit ihrer Tante Kontakt aufzunehmen. Die Adresse in der Rosengasse war ihr schon seit längerer Zeit durch ihre Recherchen bekannt. So konnte sie bei der Polizei diese Anschrift als ihre derzeitige Wohnadresse angeben.

Sie streifte ihre Kleider ab und stellte sich unter die Dusche. Mit einem befreienden Seufzer ließ sie das heiße Wasser über ihren Körper laufen.

Ihre Auftraggeber waren sehr mächtig und verfügten über weitreichende Verbindungen. Sie, Roswitha, war aus allen

Wolken gefallen, als sie erfuhr, dass ihre Tante, die ihr in ihrer Jugend so schlimm mitgespielt hatte, in der Angelegenheit eine Schlüsselrolle einnehmen sollte.

Zehn Minuten später lag sie in dem frisch überzogenen Bett und schlief. Ihre Tasche stand griffbereit neben ihr, darin wusste sie eine Dose Pfefferspray.

Als Elvira Stark das Haus verließ, bemerkte sie einen Motorradfahrer, der vor dem Gebäude stand und an seiner Maschine hantierte. Elvira wunderte sich, dass er dabei das dunkel getönte Visier seines Helms nicht aufgeklappt hatte, dann wurde sie jedoch durch ein geöffnetes Fenster rechts vom Eingang abgelenkt. Eine ältere Dame, die sich mit den Ellbogen auf ein Kissen aufstützte, sah heraus.

„Grüß Gott, Frau Stark", rief die Frau übertrieben laut. Elvira wusste, dass sie schwerhörig war und daher immer sehr laut sprach. Für Hörgeräte war sie zu eitel. „Wieder auf dem Weg zur Arbeit?"

„Alle Tage wieder, Frau Müller. Schönen Nachmittag!", gab Elvira freundlich zurück und eilte mit einem kurzen Winken weiter. Frau Müller sah ihr enttäuscht hinterher. Gegen ein kleines Schwätzchen hätte sie nichts einzuwenden gehabt.

Der Mann mit dem Motorrad schien sein Problem behoben zu haben. Jedenfalls schwang er sich auf den Sattel, drückte den elektrischen Starter, und der Motor sprang röhrend an. Sekunden später gab er Gas und war weg.

Er hatte genug gesehen und gehört, um zu wissen, dass er handeln musste. Durch seine Nachforschungen wusste er, dass die junge Frau, die von der Polizei aus der Wohnung von Rispanovic abgeholt worden war, Roswitha Stark hieß. Er hatte sie gleich wiedererkannt. Vor zwei Wochen war sie Teilnehmerin an einer Orchideenwanderung durch die Weinberge und Trockenrasengebiete von Retzstadt gewesen. Er war als einer der

Organisatoren mitgegangen. Ganz dicht hatte er bei ihr gestanden und ihr Parfüm eingeatmet. Sofort erinnerte er sich: Der gleiche Duft war ihm in die Nase gestiegen, als er nach seinem Besuch in Fullers Haus niedergeschlagen worden war.

Er war der Frau gefolgt, als sie die Polizeidirektion verlassen hatte und mit ihrer Reisetasche in Richtung Rosengasse marschiert war. Als er gleich darauf das Klingelschild kontrolliert hatte, war er auch hier auf einen Hauch jenes Parfüms gestoßen. Dass in dem Haus in der Rosengasse eine Elvira Stark wohnte, war sicher kein Zufall.

Er bog von der Sanderstraße in Richtung Ottostraße ab. Am Rande der Grünanlagen hielt er an, stellte den Motor ab und öffnete das Visier seines Helms. Diese Elvira Stark schien eine Schlüsselfigur zu sein. Vom Alter her konnte sie als Verwandte des Axel Fuller in Frage kommen. Bestärkt wurde sein Verdacht durch das Auftauchen von Roswitha Stark. Sie waren mit Sicherheit verwandt. Vermutlich steckte diese Elvira Stark hinter der ganzen Aktion mit dem gestohlenen Testament. Roswitha war wahrscheinlich nur ihre Helferin. Er überlegte kurz, dann entschied er sich, die Angelegenheit zuerst mit den *Bacchus-Brüdern* zu besprechen.

Er startete den Motor und gab Gas.

Es war ungefähr 19.20 Uhr, als Elvira Stark den Schlüssel in das Schloss der Haustür steckte. Sie hatte nach der Arbeit im Rathaus noch schnell einen Abstecher in einen Supermarkt in der Domstraße gemacht, um ein paar Kleinigkeiten einzukaufen. Ihre Vorräte waren nicht auf einen mehrtägigen Besuch ausgelegt. Kaum hatte sie das kühle Treppenhaus betreten, als ihr ein Mann in Motorradkleidung und mit einem Helm auf dem Kopf entgegentrat. War das nicht der Bursche, der heute vor dem Haus an seiner Maschine hantiert hatte? Sofort dachte sie an ihre Nichte und nahm eine angespannte Haltung ein. Ihre Instinkte schlugen Alarm! Sie hatte die volle Einkaufstasche in der Hand, in der anderen den Hausschlüssel. Der Hausflur bot wenig Raum, um sich zu wehren.

„Frau Stark?“, kam es dumpf hinter dem Helm hervor.

„Ja, bitte?“ Elviras Stimme klang schrill.

„Wenn Sie verhindern wollen, dass Roswitha etwas zustößt, kommen Sie jetzt ohne Aufsehen zu erregen mit mir. Es gibt ein paar Leute, die sich gerne mit Ihnen unterhalten würden.“

Elvira spürte, wie ihr schlagartig kalter Schweiß den Rücken hinunterlief. „Was haben Sie mit Rosi gemacht?“, fragte sie hastig.

„Bis jetzt noch nichts“, gab der Mann zurück. „Wie gesagt, wir wollen Sie in Ruhe sprechen. Kommen Sie einfach mit. Draußen steht ein Wagen. Sie setzen sich ganz ruhig hinein und wir fahren ein Stück. Wenn Sie kooperieren, wird niemandem etwas geschehen. Ansonsten …“ Er steckte seine Hand in die Motorradjacke, holte ein Springmesser heraus und ließ es demonstrativ aufschnellen.

Elvira Stark überlegte fieberhaft, aber sie sah keinen anderen Ausweg. Offenbar hatte der Kerl Roswitha in seiner Hand. Sie durfte nichts riskieren, was das Leben ihrer Nichte gefährdete.

„Nehmen Sie den ganzen Kram da mit“, wies er sie an und deutete auf die Einkaufstasche. „Los jetzt! … und denken Sie daran: keine Mätzchen!“

Elvira Stark fügte sich. Sie öffnete die Haustür und trat hinaus. Eine Stufe führte zur Straße. Elvira strauchelte und wäre fast gestürzt. Der Mann griff ihr hart unter die Arme und stützte sie. „Passen Sie doch auf!“, zischte er.

„Entschuldigung", murmelte Elvira und lief vor ihm her. Sie atmete auf. Er hatte nicht bemerkt, dass sie bei dieser Gelegenheit einen schmalen Armreif hatte zu Boden gleiten lassen. Er lag nun neben der Stufe an der Hauswand. Sie wusste, dass Erich Rottmann früher oder später hier vorbeikommen würde. Ihre Hoffnung war, dass zumindest Öchsle den Armreif bemerken würde. Der Reif war so markant, dass selbst Rottmann ihn erkennen würde. Sicher würde ihm der Umstand, dass das Schmuckstück auf der Straße lag, verdächtig vorkommen. Mehr konnte sie nicht tun.

In diesem Augenblick ertönte Frau Müllers Stimme von oben: „Na, Frau Stark, schon wieder unterwegs?"

„Machen Sie keinen Unsinn!", zischte die Stimme des Mannes hinter ihr.

„Ja, hab was vergessen!", schrie Elvira laut hinauf und winkte mit der freien Hand. Frau Müller nickte und verschwand wieder in ihrer Wohnung. Innerlich war Elvira für die Neugier der alten Dame dankbar. Sie hatte ihren Entführer gesehen und konnte, wenn sie gefragt wurde, entsprechend Auskunft geben.

Ein paar Minuten später saß Elvira auf dem Rücksitz eines zweitürigen Kleinwagens. Der Mann nahm eine schwarze Stoffkapuze vom Vordersitz und hielt sie ihr hin.

„Aufsetzen!", befahl er barsch.

„Was soll das?", wollte Elvira protestieren, doch er hielt ihr die Kapuze wortlos vor die Nase. Seufzend zog sie sich das Ding über. Plötzlich spürte sie, dass ihre Hände gefesselt wurden. Ihr Protest wurde von ihrem Entführer im Keim erstickt. „Ruhe! Kein Wort! Los, hinlegen!", befahl er und gab ihr einen Stoß, so dass sie seitlich auf den Sitz kippte. Ohne Gegenwehr ließ sie es geschehen.

Einen Augenblick später wurde der Motor des Wagens gestartet und die Fahrt begann.

Es war eine kleine illustre Runde, die sich am späten Nachmittag desselben Tages in der Probierstube eines der großen Würzburger Weingüter zusammengefunden hatte. Die Frau und die drei Männer tranken Wasser statt Wein. Für das, was sie zu besprechen hatten, benötigten sie einen klaren Kopf.

„Ich gehe davon aus, dass wir alle die gleiche Nachricht bekommen haben", begann die Frau und warf ein mit nur wenigen Zeilen beschriebenes Blatt auf den Tisch. Es war vermutlich mit einem handelsüblichen Computerdrucker ausgedruckt worden.

Bei der Dame handelte es sich um die jugendlich-dynamische Weingutsdirektorin des Bürgerspitals zum Heiligen Geist, Ronja Schwäbelin. Sie war in erster Linie für den Verkauf zuständig und machte ihren Job mit Leidenschaft. Für sie gab es keine Probleme, nur Lösungen. Das, was hier auf dem Tisch lag, stellte jedoch tatsächlich ein Problem dar und eine Lösung konnte nur gemeinsam mit den anderen Anwesenden gefunden werden. Ihr Kollege, Weingutdirektor Hubert Waller, hatte sich auf den Weinan- und -ausbau spezialisiert. Er hielt sich lieber im Weinberg als im Büro auf. Selbstverständlich war er bei dieser Besprechung, bei der es um grundlegende, um nicht zu sagen existentielle Dinge ging, dabei.

„Wir haben den gleichen Mist bekommen", stellte Gabriel Ranzen, der Leiter des Staatlichen Hofkellers, fest. „Ich weiß wirklich nicht, was das soll. Das stammt doch von einem Verrückten! Das kann doch keiner ernst nehmen!"

„Das seh ich genauso“, stimmte ihm Jens Kochkees, der Weingutdirektor des Weinguts Juliusspital, zu.

„Da bin ich anderer Meinung. Dieses Schreiben ist definitiv eine Drohung.“ Schwäbelin hob das Blatt auf und zitierte: *„Lasst Eure gierigen Finger von dem einmaligen Geschenk der Götter! Wohin es führen kann, wenn man die Götter versucht, könnt Ihr an dem tragischen Schicksal des Mannes im Glockenspiel erkennen. Das war eine Warnung! Die Götter sind erzürnt! Ihr solltet Euch überlegen, was geschehen könnte, wenn ihr Fluch über Eure Weine käme …“*

Sie legte den Brief wieder zur Seite und sah die anderen an. „Meines Erachtens ist ganz offensichtlich, dass zwischen diesem Schreiben und der perversen Zurschaustellung dieses Mannes am Glockenspiel ein Zusammenhang besteht. Man will uns Angst einjagen. Was folgern wir daraus?“ Sie machte eine kurze Pause, dann fuhr sie fort: „Der arme Mann wurde ermordet! Das sind unvorstellbare Dimensionen. Das hat nichts mit der Aktion eines Verrückten zu tun. Da steckt System dahinter. Ich vermute stark, dass sich dieser auf den ersten Blick mysteriös erscheinende Text auf unser Interesse an dieser Sache in Retzstadt bezieht. Was mir große Sorgen macht, ist die Passage mit dem Fluch der Götter. Bedeutet das, dass der Schreiber bereit ist, unsere Weine zu manipulieren, wenn wir nicht tun, was er will? Jemand, der einen Menschen umbringt, scheut auch nicht davor zurück, vielen Menschen Schaden zuzufügen. Was es bedeuten würde, wenn unsere Weine vergiftet in den Handel kämen, brauche ich wohl nicht näher auszuführen.“ Sie ließ sich sichtlich erschöpft in ihren Stuhl zurücksinken.

Der Hofkellerchef runzelte die Stirn und schüttelte den Kopf. „Das mit Retzstadt halte ich für Humbug. Die Geschichte, auf die Sie sich beziehen, ist die Idee von ein paar cleveren PR-Leuten, um die Aufmerksamkeit auf das Dorf zu lenken. Ich denke dabei in eine ganz andere Richtung. Man will uns damit auf eine falsche Fährte locken." Er deutete mit dem Finger auf das Blatt. „Ich hatte erst kürzlich ein Gespräch mit Stadtrat Nabenschlager. Dabei hat er mir erzählt, dass ein russischer Pharmakonzern an die Stadt herangetreten ist, der die Bauruine in der Schweinfurter Straße kaufen will. Sie wollen dort angeblich eine pompöse Wellnessanlage einrichten. Wie man in gut unterrichteten Kreisen flüstert, will man in diesem Pharmaunternehmen ein revolutionäres Produkt aus Wein herstellen, das innerhalb kürzester Zeit für einen riesigen Umsatz sorgen soll. Wobei ich nicht ganz verstehe, wie der Tote im Glockenspiel in das Bild passt. Eigentlich müssten diese Menschen doch ein Interesse daran haben, die Angelegenheit diskret zu behandeln, bis man irgendwann die Bombe platzen lassen kann."

Der Geschäftsführer des Juliusspitals nickte zustimmend. „Ich habe auch schon solche Gerüchte aus dem Grafeneckart gehört. Aber ich habe nicht viel darauf gegeben. Im Rathaus wird bekanntlich viel geschwätzt, wenn der Tag lang ist. Ich kann mir allerdings auch nicht vorstellen, wie der Tote und dieser Brief hier zusammenpassen. Vielleicht ein Trittbrettfahrer, der irgendwann mit einer Geldforderung kommt?"

Schwäbelin rutschte unruhig auf ihrem Stuhl herum. Schließlich meinte sie: „Ich denke, ich bin euch da eine kleine Erklärung schuldig. Vielleicht bringt das etwas Licht in die Geschichte mit den Russen."

Die anderen sahen sie neugierig an.

„Es ist uns allen bekannt, dass die Retzstadter Winzer einen Weinberg haben, in dem die genetische Urform der Müller-Thurgau-Reben gezogen wird. Ein Schatz, der seinesgleichen sucht. Ihr habt ja vorhin schon auf das umhergehende Gerücht angespielt, dass die Retzstadter Winzer in Verbindung mit diesem Weinberg durch Zufall einen Stoff entdeckt haben sollen, der sich höchst positiv auf den Alterungsprozess in den menschlichen Zellen auswirkt, eine Art Jungbrunnen."

Die anderen brachten durch spontanes Gelächter und entsprechende Gesten ihre Zweifel zum Ausdruck.

„Ich weiß, dass ihr das für Hirngespinste haltet", fuhr Schwäbelin fort, ohne sich beirren zu lassen. „Kann schon sein, aber das Gerede hat sich verdichtet, weshalb wir beschlossen haben, Nachforschungen anzustellen. Wir sind auf eine Mauer des Schweigens gestoßen. Allein diese Tatsache deutet darauf hin, dass an der Sache etwas Wahres dran sein könnte. Normalerweise wird auf den Dörfern doch immer getratscht. Ich war der Ansicht, dass man wissenschaftlich an die Sache herangehen muss. Kollege Waller und ich haben deshalb einen unserer Mitarbeiter beauftragt, in dem besagten Wengert einen Weinstock auszugraben, damit wir ihn untersuchen lassen können." Sie legte eine kleine Pause ein. „Wir wissen nicht, was in Retzstadt geschehen ist. Das Letzte, was wir gehört haben, war, dass man ihn tot an unserem Glockenspiel gefunden hat."

Gabriel Ranzen erhob sich erregt. „Ihnen war die Identität des Toten bekannt? Um Gottes willen, warum musste dann die Polizei einen Aufruf in die Zeitung setzen? Sie hätten das doch aufklären können!"

Schwäbelin fühlte sich sichtlich unwohl. „Nur Kollege Waller und ich wussten von dem Auftrag. Als wir von der Leiche im Glockenspiel erfuhren, war der Tote schon abtransportiert. Es bestand für uns zunächst kein Grund, den Toten mit unserem Mann in Verbindung zu bringen. Als wir es dann ahnten, war es schon zu spät. Dann haben wir uns entschieden, die Polizei die Identität des Toten ohne unser Zutun herausfinden zu lassen. Hätte die Presse erfahren, dass der Mann in unserem Auftrag in Retzstadt gewesen war, hätte dies eine regelrechte Hexenjagd auf uns zur Folge gehabt. Das wäre für unser Unternehmen der GAU gewesen. Wie glaubwürdig hätte es geklungen, wenn wir gesagt hätten, dass wir ihn ausgeschickt haben, einen Jungbrunnen zu finden?" Sie war nun sichtlich erregt.

Ranzen schüttelte entschieden den Kopf. „Ich kann mir nicht vorstellen, dass die Retzstadter Winzer mit der ganzen Sache etwas zu tun haben. Die wollen doch nur ihren Wein zu ordentlichen Preisen vermarkten. Die bringen doch niemanden um!"

Schwäbelin zuckte mit den Schultern. „Im Prinzip sehe ich das ja genauso. Man kann aber auch nicht einfach davon ausgehen, dass sich ein russischer Pharmakonzern derartiger Methoden bedient, um seine Interessen durchzusetzen.

Bei diesem Brief hier weiß ich nicht, was ich denken soll. Es gibt in dem Dorf eine Gruppierung, die nennt sich *Bacchus-Brüder* oder so ähnlich. Das könnte auch mit der Erwähnung der Götter in dieser Nachricht zusammenpassen. So harmlos sind diese Burschen nicht. Diese Herrschaften lassen keine Möglichkeit aus, ihre Produkte mit recht aggressiven Marketingmethoden unter die Leute zu bringen."

Sie nahm einen Schluck Wasser, ehe sie fortfuhr: „Wir dürfen jedenfalls die Drohung in diesem Schreiben nicht auf die leichte Schulter nehmen und sollten etwas unternehmen." Sie rieb nachdenklich mit dem Zeigefinger über die Tischplatte, dann sprach sie weiter: „Wir kennen doch alle Erich Rottmann, diesen pensionierten Polizeibeamten. Ein exzellenter Weinkenner und, wie ich mir habe sagen lassen, ein mindestens genauso hervorragender Ermittler. Er war früher Leiter der Würzburger Mordkommission. Rottmann hat schon einige knifflige Kriminalfälle in Würzburg gelöst, bei denen es auf Fingerspitzengefühl und Diskretion ankam. Was haltet ihr davon, wenn ich den Mann mal anspreche? Mehr als ‚Nein' sagen kann er ja nicht."

Froh darüber, dass man durch den Vorschlag der Weingutdirektorin die Untätigkeit beenden konnte, stimmten die Leiter der anderen Weingüter zu.

Erich Rottmann hatte den Stammtisch an diesem Tag früher verlassen, weil er Öchsle noch ein wenig Auslauf entlang des Mains gönnen wollte. Der Rüde hatte in der letzten Zeit zu wenig Bewegung gehabt und war daher recht zappelig. So kam es, dass Herr und Hund gegen 23 Uhr von der Mainseite in die Rosengase einbogen. Wie immer warf Rottmann, als er an dem Haus vorbeikam, einen kurzen Blick hinauf zu Elviras Wohnung. Es brannte noch Licht.

Während er an dem Haus vorbeilief und schon seine Schlüssel zückte, um seine Haustür aufzuschließen, bemerkte er, dass Öchsle zurückgeblieben war.

Er drehte sich um und sah den Rüden vor Elviras Hauseingang herumschnüffeln. „Jetzt komm schon", brummte Rottmann. „Es ist Zeit fürs Bett."

Öchsle folgte dem Ruf nicht, wie er es sonst immer tat. Rottmann runzelte die Stirn und kam näher, um zu sehen, was den Rüden so interessierte.

„Ja, so ein braver Hund", lobte er, als er den Armreif erkannte, der neben dem Eingang dicht an der Hauswand lag. Er hob ihn auf und musterte ihn eingehend. Wenn er sich nicht sehr täuschte, gehörte das Schmuckstück Elvira Stark. Wie kam das hier neben die Tür? Elvira war eine sehr sorgfältige Frau, er konnte sich nicht vorstellen, dass sie den Armreif hier einfach verloren hatte.

Kurz entschlossen drückte der Exkommissar auf Elviras Türklingel. Wahrscheinlich gab es dafür eine ganz einfache

Erklärung. Niemand öffnete. Rottmann trat einen Schritt zurück und sah nach oben. Das Licht brannte immer noch. Komisch, dachte Rottmann und wollte schon weitergehen. Vielleicht war sie vor dem Fernseher eingeschlafen und hörte das Läuten nicht. Er konnte ihr den Armreif auch morgen zurückgeben.

In dem Moment gab Öchsle ein warnendes Knurren von sich, gleichzeitig wurde das Parterrefenster neben dem Eingang geöffnet und Frau Müller streckte ihren Kopf heraus. Sie war offenbar schon bettfertig, denn sie trug ein rosa Haarnetz und einen geblümten Morgenmantel.

„Guten Abend, Herr Rottmann", rief sie in ihrer üblichen Lautstärke. „Wenn Sie zu Frau Stark wollen, dann haben Sie Pech. Sie hat am frühen Abend das Haus kurz betreten und dann gleich in Begleitung eines Mannes wieder verlassen. Sie hatte eine volle Einkaufstasche dabei und sagte mir, sie müsse noch etwas besorgen, das sie vergessen habe. Seitdem ist sie aber nicht zurückgekommen."

Erich Rottmann kniff die Augen zusammen. „Haben Sie den Mann gekannt?", fragte er.

Die alte Dame schüttelte den Kopf. „Es war auch gar nicht möglich, da er einen Motorradanzug und einen schwarzen Sturzhelm trug. Ich denke aber, es war der gleiche Mann, der heute Mittag hier vor dem Haus sein Motorrad reparierte."

Das alles kam Erich Rottmann reichlich suspekt vor. Seine Polizisteninstinkte schlugen Alarm.

„Können Sie mir bitte die Tür aufmachen? Oben in der Wohnung brennt Licht. Vielleicht ist sie doch da und Sie haben es nur nicht bemerkt. Ich habe schon geklingelt, aber sie hört das Läuten nicht."

Frau Müller wusste natürlich als gut informierte Nachbarin, dass Elvira Stark und Erich Rottmann zumindest gute Bekannte waren, und öffnete ihm. Rottmann bedankte sich und wünschte ihr eine gute Nacht, dann stieg er die Stufen zu Elviras Wohnung hinauf. Den ehemaligen Kriminalbeamten erfüllte ein ungutes Gefühl. Vor Elviras Wohnung angekommen, klingelte Rottmann erneut. Von drinnen war kein Geräusch zu hören. Rottmann klopfte verhalten gegen die Tür, dann sagte er mit gedämpfter Stimme: „Hallo, Elvira, ich bin's, Erich. Ist bei dir alles in Ordnung?"

Als sich drinnen nichts rührte, pochte Rottmann fester gegen das Türblatt. Während er überlegte, ob er nicht sein Werkzeug zum Öffnen der Tür holen sollte, hörte er plötzlich ein Knacken und die Wohnungstür wurde geöffnet. Erich Rottmann blieb sein erleichtertes „Gott sei Dank" im Halse stecken, als er die fremde junge Frau sah, die in der Türöffnung stand und ihn freundlich anlächelte. Öchsle knurrte verhalten.

„Grüß Gott", brachte Rottmann heraus, „ich meine … ich … ich wollte eigentlich zu Elvira. Ich habe unten auf der Straße ihren Armreif gefunden und wollte ihn zurückbringen. Es war noch Licht …"

Die junge Frau trat einen Schritt zur Seite. „Hallo, ich denke, Sie sind Herr Rottmann", sagte sie mit gezwungen freundlicher Miene. „Meine Tante hat mir schon von Ihnen erzählt. Ach, ich sollte mich vielleicht vorstellen, mein Name ist Roswitha Stark, ich bin ihre Nichte. Kommen Sie doch herein. Tante Elvira ist leider nicht da. Obwohl sie es eigentlich schon lange sein müsste."

Rottmann machte einen Schritt in den Flur hinein. Öchsle folgte ihm. Rottmann bemerkte, dass der Rüde, entgegen seiner üblichen Freundlichkeit Menschen gegenüber, die Frau nicht begrüßte.

„Wissen Sie", fuhr Roswitha Stark fort, „meine Tante war so freundlich und hat mir für ein paar Tage bei sich Unterschlupf gewährt. Meine Wohnverhältnisse sind im Augenblick ... etwas ungeklärt."

Der Exkommissar ließ seinen Blick unauffällig durch die Wohnung huschen. Er konnte auf den ersten Blick keine Auffälligkeiten bemerken. „Von einer Nichte hat mir Elvira noch nie etwas erzählt", bemerkte er beiläufig.

„Das glaube ich gerne", erwiderte Roswitha. „Ich bin gewissermaßen das schwarze Schaf der Familie. Mein Verhältnis zu Tante Elvira ist viele Jahre lang recht angespannt gewesen."

„Aha", stellte Rottmann knapp fest. Er ging zum Wohnzimmertisch und legte den Armreif darauf. „Hat Elvira was gesagt, dass sie heute abgeholt wird?"

Der junge Frau schüttelte den Kopf. „Wieso fragen Sie das?"

„Die alte Dame unten im Parterre, der so gut wie nichts entgeht, was sich hier rund um das Haus herum abspielt, hat mir erzählt, Elvira sei, kaum dass sie das Haus betreten hatte, von einem Mann in Motorradkleidung abgeholt worden. Seitdem wurde sie nicht mehr gesehen."

Für einen Augenblick glaubte Rottmann, die junge Frau würde heftig erschrecken. Wenn das zutraf, dann hatte sie sich aber schnell wieder im Griff. Sie zuckte mit den Schultern.

„Keine Ahnung." Sie warf einen beiläufigen Blick auf ihre Armbanduhr.

Rottmann hob die Hände. „Na, dann kann man wohl nichts machen. Der Armreif ist auf jeden Fall wieder da und Elvira wird wohl auch bald mit einer entsprechenden Erklärung zurückkommen."

Er verabschiedete sich von der jungen Frau und verließ die Wohnung. Unten angekommen, betrat er sein Haus. Einer inneren Stimme folgend, blieb er im Treppenhaus hinter der Eingangstür stehen. Er hielt sie mit seinem Fuß eine Handbreit auf, damit er das Nachbarhaus beobachten konnte.

Öchsle ließ sich geduldig neben ihm nieder. Rottmann war sich sicher, dass mit dieser Nichte und mit der ungeklärten Abwesenheit von Elvira etwas nicht stimmte. Elvira war für gewöhnlich die Zuverlässigkeit in Person.

Rottmann hatte das Gefühl, dass an diesem Abend noch mehr geschehen würde.

Roswitha Stark war keineswegs so entspannt, wie sie Rottmann Glauben gemacht hatte. Selbstverständlich hatte sie bei ihren Recherchen über ihre Tante erfahren, wer dieser Erich Rottmann war. Die beiden schienen ein Verhältnis miteinander zu haben. Sie hatte schon seit Stunden unter Strom gestanden, weil ihre Tante nicht nach Hause kam. Die Information über das Abholen ihrer Tante durch einen Mann in Motorradkluft elektrisierte sie regelrecht. Das klang ganz nach einer Entführung! Es sah so aus, als wäre ihr die Konkurrenz in Retzstadt einen Schritt voraus.

Sie wusste, dass sie diesen pensionierten Kriminalbeamten mit seinem gemütlichen Äußeren und dem putzig wirkenden Hund nicht unterschätzen durfte. Sie dachte einen Augenblick nach, dann traf sie eine Entscheidung. Sie eilte ins Gästezimmer, öffnete ihre Reisetasche und zog sich einen schwarzen, enganliegenden Sportdress an. Sie überlegte kurz, dann nahm sie noch das Pfefferspray mit. Eine Stirnlampe ergänzte ihre Ausrüstung. Eine schwarze Baseballkappe, die ihr hellblondes Haar verdeckte, vervollständigte ihre Kleidung. Als sie fertig war, holte sie ihr Mobiltelefon heraus und rief in ihrer Bar an. Sie gab einige knappe Anweisungen, dann legte sie wieder auf. Am Schlüsselbrett fand sie ein paar Hausschlüssel, die sie ebenfalls in der Tasche verschwinden ließ, dann verließ sie die Wohnung.

Erich Rottmanns Geduld auf seinem Lauerposten wurde zwar strapaziert, letztlich aber belohnt. Als er die dunkle, schlanke Gestalt aus der Tür des Nachbarhauses treten sah, stieß er ein zufriedenes Brummen aus. Es dauerte einige Minuten, dann kam ein schwarzer Geländewagen aus Richtung Main in die Rosengasse gefahren. Der Wagen hielt und der Fahrer, ein untersetzter Typ, stieg aus. Roswitha Stark und er wechselten ein paar Worte, dann drehte sich der Mann um und ging in Richtung Main zurück. Die junge Frau setzte sich hinter das Steuer des Wagens und fuhr davon.

Erich Rottmann überlegte nicht lange. Er stürmte aus dem Haus und rannte zu seiner Garage, Öchsle ihm dicht auf den Fersen. Rottmann warf sich regelrecht in seinen VW-Käfer, Öchsle sprang auf Rottmanns Schoß und von da in den Fußraum auf der Beifahrerseite. Dann setzte Rottmann aus der Garage zurück. Der Motor des VWs heulte auf, als er ungewöhnlich heftig Gas gab. Hoffentlich konnte er Roswitha Stark noch einholen. Er atmete auf, als er an der nächsten Ampel den Geländewagen vor sich sah.

Der Schlag kam unerwartet und traf ihren Nierenbereich mit einer solchen Härte, dass ihr vor Schmerz die Luft wegblieb und sie sich unwillkürlich zusammenkrümmte, soweit es die Umstände erlaubten. Aus ihrem Mund löste sich ein gepresster Schrei. Ihre Hände waren auf dem Rücken mit Stoffbändern gefesselt. Sie war an einen Stuhl gebunden, auf dem sie rittlings saß, so dass ihr Rücken ungeschützt war. Die Stoffbänder schnitten zwar nicht ein, trotzdem war sie zur Bewegungslosigkeit verdammt. An der Decke hing eine billige Lampe, die ein diffuses Licht verbreitete. Sie befand sich offenbar in einem

Kellerraum. An der Wand stand ein leeres Regal. Der Boden bestand aus festgestampftem Erdreich. Der Stuhl stand direkt unter der Lampe in der Mitte des Raumes.

Ihr Entführer wiederholte seine Frage: „Sagen Sie mir, was Sie mit dem Testament von Axel Fuller gemacht haben und in welchem Verwandtschaftsverhältnis Sie zu ihm stehen!"

Der Mann, der nun statt des Motorradhelms eine seltsame silberfarbene Maske trug, trat einen Schritt zurück, um die Wirkung seines Schlages abzuwarten. Er hatte noch immer die Motorradkombi an. Mit Gefangenenverhören hatte er seine Erfahrungen. Die Frau war nicht mehr jung und würde sicher schnell zusammenbrechen.

Was er allerdings nicht wissen konnte, war, dass er es bei Elvira Stark mit einer ausgesprochen zähen Person zu tun hatte.

„Binden Sie mich sofort los, Sie Verbrecher! Was fällt Ihnen ein, mich zu schlagen!" Sie zerrte heftig an ihren Fesseln. Der Schlag hatte bei ihr psychisch keinen nachhaltigen Eindruck hinterlassen. Elvira war gut gepolstert. „Was haben Sie mit meiner Nichte gemacht? Sind Sie verrückt?"

In diesem Augenblick ging im Hintergrund eine Tür auf, die Elvira nicht sehen konnte. Wenig später trat ein weiterer Mann in ihr Blickfeld. Er war sehr schlank und trug die gleiche Maske wie sein Kumpan, allerdings war sie bronzefarben. Er sprach kein Wort, stellte sich lediglich in eine Ecke und verschränkte die Arme.

„Warum machen Sie es sich unnötig schwer?", fragte der Mann im Motorraddress mit ruhiger Stimme. „Sagen Sie uns, was wir wissen wollen, und Sie haben Ihre Ruhe. Sie wollen doch nicht, dass Ihrer Nichte etwas zustößt. Also, was haben Sie mit Axel Fuller zu tun?"

„Verdammt und zugenäht! Ich kenne keinen Axel Fuller!

Binden Sie mich auf der Stelle los, Sie Idiot!“ Elvira war sehr wütend, wodurch sie ihre Schmerzen in den gefesselten Gelenken kaum zur Kenntnis nahm.

„Wir haben Zeit“, erklärte der Mann mit der silbernen Maske. „Sie sind hier an einem Ort, wo Sie niemand suchen und schon gar nicht finden wird. Glauben Sie mir, früher oder später werden Sie uns die gewünschte Auskunft geben. Sie bestimmen selbst, wie unangenehm die Prozedur für Sie wird.“ Er ballte die Faust und warf dem zweiten Mann einen fragenden Blick zu. Der schüttelte nur den Kopf, dann drehte er sich um und verschwand.

„Ich denke, wir werden Ihnen Gelegenheit geben, sich eine Nacht lang über Ihre Situation Gedanken zu machen. Morgen werden Sie alles sicher ganz anders beurteilen.“ Er drehte sich um und bewegte sich zu der gleichen Stelle, wo auch der andere Mann verschwunden war.

„Binden Sie mich auf der Stelle los!“, schrie Elvira ihm mit sich überschlagender Stimme hinterher. „Binden Sie mich los!“

Sie hörte eine Tür knarren, dann wurde knackend ein Schlüssel in einem Schloss umgedreht. Elvira Stark war allein. Einen Augenblick später erlosch das Licht. Um Elvira herum wurde es stockfinster. Für einen Moment war sie wie gelähmt.

Was widerfuhr ihr da? Gerade hatte sie sich noch Gedanken über das Abendessen gemacht, das sie ihrer Nichte kochen wollte und nun saß sie an Händen und Füßen gefesselt in einem lichtlosen Kellerverlies. Jetzt, wo sie alleine war, schwand ihre Wut und wich einer lähmenden Angst. Sie hatte keine Ahnung, was diese Typen mit diesen merkwürdigen Masken von ihr wollten. Wer war bloß dieser Axel Fuller? Und was hatte Roswitha damit zu tun?

Entkräftet legte sie ihren Kopf auf der Rückenlehne des Stuhles ab. Da ihr Adrenalinspiegel sank, spürte sie auch die

Schmerzen stärker. In der Dunkelheit fühlte sie sich lange nicht mehr so stark, wie bei dem Verhör durch die Typen.

Erich Rottmann folgte dem Geländewagen in gehörigem Abstand. Es war um diese Zeit nur wenig Verkehr auf der B 27. Plötzlich, auf der Höhe von Thüngersheim, waren die Rücklichter vor ihm verschwunden. Rottmann fluchte und fuhr langsamer. Trotz aller Mühe konnte er aber den Wagen nicht mehr finden. Offenbar hatte Roswitha ihren Verfolger bemerkt und war abgebogen. In den Straßen von Thüngersheim gab es zahlreiche Möglichkeiten, ihn abzuhängen. Wütend schlug er auf das Lenkrad. Öchsle gab einen erschrockenen Beller von sich. Was sollte er tun? Auf gut Glück weiterzufahren hatte keinen Sinn, weil er nicht wusste, welches Ziel die junge Frau ansteuerte. Schließlich gab er auf und fuhr bedrückt wieder zurück. Im Augenblick hatte er keine Ahnung, wie er Elvira ausfindig machen sollte.

Roswitha war das Scheinwerferpaar schon seit der Überquerung der Löwenbrücke aufgefallen. Da wenig Verkehr herrschte, hatte sie bald bemerkt, dass sich ein Fahrzeug ständig hinter ihr hielt. Sie hatte weder den Fahrzeugtyp noch den Fahrer erkennen können. Als der Wagen nach der Abzweigung Veitshöchheim noch immer hinter ihr gewesen war, hatte sie beschlossen, ihn abzuschütteln.

Die nächste Gelegenheit hatte sich bei Thüngersheim geboten. Bei der ersten Abfahrt von der B 27 hatte sie die Scheinwerfer gelöscht und war von der Straße abgefahren. Blitzschnell war sie in die erste Nebenstraße abgebogen und stehengeblieben. Es hatte nur Sekunden gedauert, bis der Verfolger langsam an ihr vorbeigefahren war. Da hatte sie erkennen können, dass es sich um Erich Rottmann handelte. Der Alte war offenbar misstrauisch geworden. Nachdem sie fast eine Viertelstunde gewartet hatte, hatte sie den Motor wieder gestartet und war nach Thüngersheim hineingefahren. Sie kannte einen Weg über die Weinberge nach Retzstadt.

Zwanzig Minuten später rollte sie, aus seiner Seitenstraße kommend, langsam in das Dorf hinein. Sie wusste genau, wie sie fahren musste, um an das außerhalb des Ortes liegende Objekt heranzukommen.

Nachdem sie Retzstadt einige Zeit später wieder in Richtung Retzbach verlassen hatte, fuhr sie kurz nach dem Ortsschild in einen Feldweg hinein, der schon nach wenigen Metern eine Kurve beschrieb und von der Straße aus nicht mehr einsehbar war. Sie parkte den Wagen, stieg aus und schloss ihn ab. Roswitha warf einen prüfenden Blick zum Himmel. Es war eine sternenklare Nacht, die Sicht entsprechend gut. Sie vergewisserte sich, dass das Pfefferspray griffbereit in ihrer rechten Tasche steckte. In der anderen steckte die Stirnlampe. Sie marschierte los, überquerte die Verbindungsstraße und folgte einem breiten Feldweg. Wenn sie ein Stück weiter in den Wald abbog, konnte sie ihr Ziel vom Wald aus angehen. Sie fluchte innerlich, als sie sich im nächsten Augenblick mit Unmengen von Brennnesseln und dornigen Brombeersträuchern herumschlagen musste. Es dauerte eine Weile, bis sie einen geeigneten Pfad gefunden hatte, den sie benutzen konnte. Obwohl sie sehr vorsichtig war, brachen ständig trockene Zweige unter ihren Turnschuhen. Die milde Nachtluft trieb ihr den Schweiß aus den Poren. Sirrende Wolken von Stechmücken stürzten sich auf Roswitha Stark und malträtierten sie an allen unbedeckten Körperstellen.

Minuten später hatte Roswitha ein Wiesengrundstück erreicht, das an ein Gebäude angrenzte. Die junge Frau kletterte über einen Bretterzaun, dann blieb sie unter einem Baum stehen und lauschte. Das Haus vor ihr stand in einer Senke, gut hundert Meter von der Verbindungsstraße entfernt. Sich weiterhin unter den Bäumen haltend, näherte sie sich ihm vorsichtig. Es war kein Licht zu erkennen. Trotzdem war sie sich sicher, auf der richtigen Fährte zu sein. Der Typ mit dem Motorraddress und dem Helm gehörte hierher. Das wusste sie. Sie vermutete, dass man ihre Tante ebenfalls zu diesem Haus gebracht hatte.

Langsam umrundete sie das Gebäude. An die eine Schmalseite schloss sich eine Scheune an. Das Tor war einen Spalt breit offen. Sie schlich hinein. Es war dunkel und roch nach Benzin. Sie zog die Stirnlampe auf und stellte sie auf die schwächste Stufe. Im Lichtschein erkannte sie einen schwarzen Kleinwagen. Der Strahl der Lampe erleuchtete das Wageninnere. Der Zündschlüssel steckte. Es musste also jemand im Haus sein.

Sie schaltete die Lampe wieder aus und verließ die Scheune. Kaum hatte sie den Torspalt hinter sich, als sie einen harten Schlag gegen den Kopf bekam. Bewusstlos fiel sie zu Boden. Der Mann, der sie niedergeschlagen hatte, beugte sich über sie und prüfte ihren Puls. Er ging regelmäßig, ebenso ihr Atem.

Die Investition in mehrere Infrarotkameras zur Überwachung des Außenbereichs hatte sich bezahlt gemacht. Er hatte damit gerechnet, dass Roswitha Stark kommen würde, um nach ihrer Tante zu suchen.

Der Mann zog Kabelbinder aus der Hosentasche und band Roswitha Hände und Füße zusammen. Sie hatte ihn einmal hereingelegt, ein zweites Mal würde ihr das nicht gelingen. Er packte sie unter den Armen und zerrte sie zum Hauseingang. Ihre Füße polterten über die Kellertreppe, als er sie hinunterschleppte. Nach kurzer Überlegung hatte er sich entschieden, sie in einen eigenen Kellerraum zu sperren. Drinnen ließ er sie auf den kühlen Lehmboden fallen. Noch einmal vergewisserte er sich, dass sie atmete, dann sperrte er die Tür zu. Roswitha Stark blieb in der Dunkelheit zurück.

Als Erich Rottmann nach seiner nächtlichen Autofahrt seine Wohnung betrat, blinkte der Anrufbeantworter. Hastig drückte er auf den Knopf, um die Nachricht abzuhören. Er hoffte, eine Nachricht von Elvira bekommen zu haben. Es war jedoch eine andere Frauenstimme, die ihm allerdings bekannt vorkam.

„Herr Rottmann, hier spricht Ronja Schwäbelin vom Bürgerspital. Wir kennen uns von verschiedenen Veranstaltungen. Heute habe ich ein besonderes Anliegen. Wäre es möglich, dass Sie mich so bald wie möglich in meinem Büro aufsuchen? Es gibt da ein Problem, das ich gern schnellstens mit Ihnen besprechen möchte. Es hat mit dem Toten im Glockenspiel zu tun. Sie wissen ja, wo ich zu finden bin. Vielen Dank." Die Anruferin hatte aufgelegt.

Schon nach den ersten Worten hatte Rottmann die Weingutdirektorin des Bürgerspitals erkannt. Ihr schwäbisch-badischer Dialekt war unverwechselbar. Er hatte sie bei einer Weinprobe kennengelernt. Die Information, dass ihr Anliegen mit der Leiche im Glockenspiel zu tun hatte, elektrisierte ihn regelrecht.

Rottmann nahm sich vor, am nächsten Morgen Florian Deichler anzurufen, um sich auf den neuesten Stand der Ermittlungen zu bringen.

Nach einer kurzen Nacht begann der Tag von Erich Rottmann ungewöhnlich früh. Öchsle, der ein sehr gutes Zeitgefühl hatte, streckte sich noch mehrmals in seinem Körbchen, ehe er sich erhob und zu seinem Wassernapf schlenderte. Rottmanns Frühstück bestand lediglich aus einer Tasse Kaffee, um seinen Kreislauf ordentlich in Schwung zu bringen.

Rottmann wusste aus seiner aktiven Zeit, dass im Morddezernat frühmorgens regelmäßig eine Dienstbesprechung stattfand, in der sich die Mitarbeiter gegenseitig auf den neuesten Stand brachten und Einsätze besprochen wurden. Auch sein Nachfolger hatte dies übernommen. Der Exkommissar sah auf seine Armbanduhr. Jetzt würde er Deichler wahrscheinlich an seinem Arbeitsplatz antreffen. Er griff zum Hörer und wählte die eingespeicherte Nummer. Deichler nahm sofort ab.

„Hallo, Florian, hier ist Erich, könnte ich dich in einer halben Stunde mal außer Haus sprechen?"

Mit der Formulierung „außer Haus" bedeutete er seinem ehemaligen Mitarbeiter, dass der Inhalt des Gesprächs vertraulich war und Deichlers Chef nichts davon erfahren sollte.

„Tut mir leid, Erich", gab Deichler zurück, „aber ich habe in einer halben Stunde einen Gerichtstermin im Strafjustizzentrum."

„Dauert das lange?", fragte Rottmann zurück.

„Nein, es ist nur ein Haftprüfungstermin für einen Untersuchungshäftling. Reine Routine."

„Dann schlage ich vor, dass wir uns in ungefähr eineinhalb Stunden in der kleinen Parkanlage neben der Regierung von Unterfranken treffen. Öchsle muss sowieso raus. Ich setze mich auf eine Parkbank und warte auf dich."

Deichler war einverstanden.

Rottmann sah auf seine Armbanduhr. Wenn er sich beeilte, konnte er vorher noch die Angelegenheit mit dem Bürgerspital erledigen. Womöglich erfuhr er dort etwas, was ihm weiterhalf. Eilig verließ er seine Wohnung. Öchsle sprang begeistert neben ihm her.

Das Büro der Weingutdirektorin lag im Hof des Bürgerspitals in einem Flachbau. Rottmann meldete sich bei der Dame am Empfang an, die sofort Frau Schwäbelin über das Telefon verständigte. Es dauerte nur zwei Minuten, dann kam die Weingutdirektorin energischen Schrittes den Flur entlanggelaufen.

„Herzlichen Dank, lieber Herr Rottmann, dass Sie so schnell gekommen sind." Sie hatte einen kräftigen Händedruck. „Kommen Sie mit in unsere Probierstube, da sind wir ungestört. Ich bin jetzt nicht zu sprechen", rief sie der Empfangsdame zu, dann öffnete sie die Tür zu einem Raum mit zwei Tischen. Rottmann und Öchsle folgten ihr.

„Darf ich Ihnen ein Glas Wein anbieten?" Schwäbelin blieb vor dem Kühlschrank stehen, in dem, wie Rottmann wusste, die Probierbocksbeutel standen.

„Danke, im Moment nicht", lehnte Rottmann zu seinem eigenen Erstaunen ab, aber wie sich die Sache anließ, sollte er wohl besser alle Sinne beisammen haben.

Frau Schwäbelin setzte sich Rottmann gegenüber. Öchsle schnupperte interessiert an ihren Schuhen, dann legte er sich zu Rottmanns Füßen nieder.

„Ich weiß nicht so recht, wo ich anfangen soll", erklärte die Weingutdirektorin. „Die Angelegenheit ist etwas heikel. Kann ich mich auf Ihre Verschwiegenheit verlassen?"

Rottmann machte eine vage Handbewegung. „So lange Sie mir nicht eröffnen, dass Sie alle Ihre Mitbewerber in der Branche um die Ecke gebracht haben, kann ich schweigen wie ein Grab."

Schwäbelin lächelte gezwungen, dann sagte sie: „Den Tod eines unserer Mitarbeiter haben Sie ja sicher mitbekommen."

„Höchst mysteriöse Umstände", bestätigte Rottmann.

„Wir wussten ja am Anfang auch nichts über die Identität des Toten. Erst nachdem die Polizei seinen Namen herausgefunden und sich bei uns erkundigt hatte, wussten wir, dass er bei uns beschäftigt war."

Die Lüge kam ihr nicht ganz glatt über die Lippen. Schwäbelin zog nervös den Rock ihres Kostüms zurecht, dann fuhr sie fort: „Das ist aber nicht der eigentliche Grund. Wir, und wenn ich wir sage, meine ich die Chefs der drei großen Weingüter in Würzburg, haben in den letzten Tagen übereinstimmende Drohbriefe erhalten. Wir haben uns gestern zusammengesetzt, um unser Vorgehen abzustimmen. Dabei haben wir entschieden, dass wir wegen der Art der Drohung die Polizei vorerst nicht einschalten wollen. Während des Gesprächs ist dann Ihr Name gefallen. Wir haben uns darauf geeinigt, Sie zu bitten, für uns diskrete Ermittlungen zu betreiben, um herauszufinden, wer hinter diesen Drohungen steckt." Sie holte aus einer Mappe ein Blatt Papier heraus und schob es über den Tisch zu Rottmann hinüber. „Lesen Sie selbst!"

Nachdem der Exkommissar den Inhalt des Schreibens erfasst hatte, ließ er es langsam sinken. „Das ist ja alles nicht sehr konkret. Was haben diese wirren Anspielungen auf die Götter zu bedeuten?"

Schwäbelin lehnte sich langsam zurück, dann sagte sie: „Was ich Ihnen jetzt anvertraue, muss unter allen Umständen unter uns bleiben, auch wenn Sie unseren Auftrag nicht annehmen. Kann ich mich auf Sie verlassen?"

„Können Sie", gab Rottmann knapp zurück.

Ronja Schwäbelin nickte, dann begann sie. „Sie als alter Weinkenner wissen doch, dass der Konkurrenzkampf unter den Winzern recht hart ist. Hinter den Kulissen ist da nicht viel Platz für Weinseligkeit und Traditionen. Da geht es um Verkaufszahlen und was am Ende in der Bilanz an Gewinn verzeichnet ist. Besonders die kleinen Winzer auf dem Land rudern heftig. Es ist schon erstaunlich, was sie sich alles einfallen lassen, um uns Großen Marktanteile abzuringen." Sie machte eine kurze Pause.

„Wir achten natürlich darauf, was draußen vorgeht. Welche

Ideen entwickelt werden und so. Manches davon kann man sich zunutze machen. Ich weiß, das ist nicht immer ganz fair, aber so ist das Geschäft."

Erich Rottmann nickte.

„Bei unseren Recherchen ist uns aufgefallen, dass sich in Retzstadt eine sogenannte *Retschter Bacchus-Bruderschaft* gegründet hat, die sich in erster Linie um einen unkonventionellen Vertrieb des Retzstadter Weins kümmern soll. Anscheinend will man dort auf der Wellnesswelle mitreiten. Angeblich hat man dort in einem alten Weinberg eine Substanz gefunden, die in Verbindung mit Bacchuswein eine verjüngende Wirkung in den menschlichen Zellen bewirkt."

Erich Rottmann sah die junge Frau mit schräggelegtem Kopf zweifelnd an. Seine Miene sagte alles.

„Ja, ich weiß", fuhr sie fort, „das klingt alles ziemlich esoterisch und abgehoben, aber ein bisschen was scheint schon dran zu sein."

„Kennen Sie diese Leute?"

„In Winzerkreisen kennt doch fast jeder jeden. Da macht keiner Experimente, ohne dass es die anderen nicht früher oder später mitbekommen."

„... und Sie meinen, die Winzer aus Retzstadt stecken hinter diesem Geschmiere und womöglich hinter dem Tod des Mannes im Glockenspiel?" Er sah die Weingutdirektorin ungläubig an.

Schwäbelin wiegte den Kopf. „Ich hoffe, es ist nicht so. Trotzdem haben wir einen Toten und diese Drohbriefe. Wir möchten ganz einfach Gewissheit haben. Würden Sie den Auftrag annehmen? Sagen Sie uns einfach Ihre Honorarforderungen. Wir werden uns sicher einig werden."

Der ehemalige Leiter der Mordkommission winkte ab. „Da machen Sie sich mal keine Gedanken. Wenn Sie meinen, können Sie mir ja mal gelegentlich einen Bocksbeutel Silvaner zukommen lassen. Ich habe vernommen, dass der neue Kabinettwein vom Stein ein ganz vortreffliches Tröpfchen sein soll." Er lächelte.

„Das ist kein Problem", meinte Schwäbelin.

Sie einigten sich darauf, dass sich Rottmann umhören sollte. Er ließ sich eine Fotokopie des Drohbriefes geben, dann verließ er das Weingut.

Rottmann hatte das unbestimmte Gefühl, dass das Verschwinden von Elvira und der Tod des Mitarbeiters des Bürgerspitals und diese merkwürdigen Drohungen zusammenhingen. Alle Spuren führten nach Retzstadt.

Ein Blick auf die Uhr zeigte Rottmann, dass es Zeit war, zu seinem nächsten Termin zu eilen.

Der Exkommissar hatte sich gerade auf der Parkbank niedergelassen, als Deichler aus Richtung Justizbehörden kam.

Öchsle, der auf der Wiese hinter dem Regierungsgebäude herumgesprungen war, kam freudig wedelnd herbeigerannt, als er Deichler erkannte. Florian Deichler streichelte ihn kurz, dann ließ er sich neben Erich Rottmann nieder. Der zog an seiner Pfeife, die er sich gerade angezündet hatte und stieß eine dicke Rauchwolke aus. „Schön, dass du für mich Zeit hast."

„Erich, du kennst das ja. Der Job geht halt manchmal vor. Was kann ich denn für dich tun?"

„Du kennst eine gewisse Roswitha Stark?" Rottmann kam gleich zur Sache. Das war eigentlich keine Frage, sondern eine Feststellung.

Deichler sah seinen Banknachbarn schräg an. „Wenn du mich schon so fragst, dann weißt du ja Bescheid. Diese Roswitha ist mit deiner Freundin Elvira verwandt. Stimmt's?"

Rottmann verzog das Gesicht, als hätte er Zahnschmerzen.

„Das mit der Freundin ist wirklich aus der Luft gegriffen. Wir kennen uns seit unserer Jugend und sind ... na ja, gut bekannt."

„Ahhh so", sagte Deichler und grinste, wurde aber sofort wieder ernst. Er wusste, dass Rottmann ein eingefleischter Junggeselle war. „Wir haben sie im Rahmen der Ermittlungen erkennungsdienstlich behandelt. Roswitha Stark ist Elviras Nichte, wie sie sagt."

Rottmann nahm einige Züge von seiner Bruyère. „Wieso habt ihr sie mit auf die Wache genommen? Was steckt dahinter? Gibt es gar einen Zusammenhang mit dem Toten im Glockenspiel?"

„Erich ..."

„Ich weiß, was du sagen willst. Es sind laufende Ermittlungen und du darfst mir nichts sagen. Aber wie Du bemerkt hast, handelt es sich um eine Verwandte von Elvira und sie hat mich gebeten, mich ein bisschen umzuhören, was das Mädchen für Probleme hat. Dafür brauche ich aber ein paar Informationen von dir." Rottmann fand es legitim, dass er nicht ganz bei der Wahrheit blieb.

Deichler lehnte sich zurück. „Wir haben einen anonymen Tipp bekommen, wer der Tote sein könnte. Ich bin dann zu seiner Wohnung gegangen, um das zu überprüfen, und habe dort Roswitha Stark angetroffen. Sie hat gesagt, dass sie sich mit Igor Rispanovic die Wohnung teilen würde. Sie am Tag, weil sie in einer Nachtbar arbeitet, und er in der Nacht, weil er beim Bürgerspitalweingut arbeitet ... arbeitete", verbesserte er sich. „Die Erfassung ihrer persönlichen Daten war nur Routine."

Rottmann nickte. „Dieser Igor war Russe?"

Deichler zuckte mit den Schultern. „Wir haben die Wohnung gründlich durchsucht, aber keine Ausweispapiere gefunden. Es läuft eine Anfrage bei seinem Arbeitgeber, dem Bürgerspital. Wahrscheinlich sind die Papiere dort hinterlegt."

Erich Rottmann erhob sich und klopfte seine erloschene Pfeife am Rand der Bank aus. „Danke dir für deine Hilfe. Mach dir keine Sorgen, ich werde euch schon nicht ins Handwerk pfuschen."

Florian Deichler wiegte zweifelnd den Kopf. „Denk daran, Erich, dass dein Amtsnachfolger dich auf dem Kieker hat. Gib ihm keinen Grund, gegen dich vorgehen zu können."

Rottmann machte eine wegwerfende Handbewegung, dann stieß er einen Pfiff aus und Öchsle kam angerannt. Langsam marschierte Erich Rottmann in Richtung Ottostraße und Ringparkanlagen davon. Florian Deichler sah seinem ehemaligen Chef besorgt hinterher, dann stand auch er auf und eilte davon. Die Akten warteten.

Erich Rottmann bog in die Grünanlagen ab und schlenderte zur Löwenbrücke. Jetzt war Nachdenken angesagt.

Am Ende des Spaziergangs hatte Rottmann einen Entschluss gefasst. Nach allem, was er wusste, lag der Schlüssel für den Fall in Retzstadt. Entschlossen machte er kehrt und lief in Richtung Rosengasse.

Wenig später öffnete er die Tür seines VW-Käfers und ließ Öchsle in den Fußraum des Beifahrersitzes springen. Dann startete er den Motor, der sich in der für VW-Käfer üblichen Manier erst ein paar knatternde Fehlzündungen gestattete, bis er ansprang. Kurz danach ratterte Rottmann über die Löwenbrücke, fuhr in Richtung Talavera und ordnete sich, nachdem er die Brücke der Einheit überquert hatte, auf der B 27 in Richtung Karlstadt ein. Der Motor seines Wagens lief jetzt schön rund. Unter normalen Umständen hätte Rottmann die Fahrt genossen. Doch nach allem, was er erfahren hatte, war er voller Sorge und Anspannung.

Bei Retzbach verließ Erich Rottmann die Bundesstraße und

folgte dem Tal der Retz, einem Bach, der sich zwischen den Weinbergen in seinem schmalen Bett gemütlich dahinschlängelte. Obwohl Rottmann mit seinen Gedanken ganz woanders war, konnte er sich der Schönheit der fränkischen Landschaft nicht ganz entziehen.

Rottmann hatte ein ganz bestimmtes Ziel. Wie er wusste, lebte in Retzstadt Thomas Häußner, ein ehemaliger Kollege vom Betrugsdezernat, der, pensioniert wie Rottmann, seinen Lebensabend den seltenen Kräutern und Blumen widmete, die hier wuchsen. Rottmann war vor Jahren bei seiner Pensionierungsfeier eingeladen gewesen und wusste daher, dass Häußner den ganzen Tag in der freien Natur unterwegs war. Er kannte schon damals jeden Weg und Steg und hatte, was für Rottmann in der derzeitigen Situation besonders wichtig war, seine Ohren überall. Erich Rottmann war sicher, dass Häußner ihm weiterhelfen konnte.

Der ehemalige Kollege wohnte in einem der letzten Häuser des Dorfes. Rottmann lenkte seinen Wagen langsam durch die Straße. Er wusste zwar nicht mehr die Hausnummer, aber wenn er das Gebäude sah, würde er es sofort erkennen. Damals war die Fassade des Hauses fast vollständig mit wildem Wein zugewachsen gewesen.

Hundert Meter weiter war er am Ziel. Das Äußere des Anwesens war unverändert. Rottmann stieg aus und ließ Öchsle im Wagen zurück. Er konnte sich nicht mehr daran erinnern, ob Häußner Hunde mochte.

Als Rottmann den Hauptweg zum Hauseingang entlangging, kam ihm eine getigerte Katze entgegen und strich miauend um seine Füße. Er war froh, Öchsle nicht mitgenommen zu haben, da der Rüde auf Katzen allergisch reagierte.

Rottmann klingelte. Einen Augenblick später ertönte eine kräftige männliche Stimme von der Rückseite des Hauses: „Bin im Garten!“ Erich Rottmann orientierte sich kurz, dann schritt er einen Plattenweg entlang, der am Haus verlief.

„Ja, ich werd verrückt, der Erich Rottmann!“, schallte ihm der freundliche Ruf seines Exkollegen entgegen. Thomas Häußner stand, nur mit einer kurzen Lederhosen bekleidet, barfuß in seinem Garten und machte sich mit einer Hacke an einem Beet zu schaffen.

Rottmann hätte ihn fast nicht wiedererkannt. Häußner war spargelschlank und braungebrannt, seine grauen, fast schulterlangen Haare hatte er zu einem Pferdeschwanz zusammengebunden.

„Jetzt sag bloß nicht, du willst einem alten Kollegen einen Freundschaftsbesuch abstatten. Das hat doch sicher einen anderen Grund. Bist du vielleicht krank? Brauchst eine Kräutersalbe oder einen Tee für die Leber? Wenn ich mich recht erinnere, hast du doch immer gern einen Schoppen getrunken.“

Häußner sah seinen Gast von der Seite an. Rottmann, der immer für eine Stichelei gut war, kam gar nicht auf die Idee, sich über diese Anspielungen zu ärgern.

„Na, Thomas, immer noch der alte Kräutermedizinmann“, gab er daher zurück und gab ihm die Hand. Ihm fiel auf, dass die Hand hornig und hart wie die Hand eines Bauern war.

Häußner stellte das Gartengerät zur Seite und wies auf ein paar Stühle, die im Schatten des Hauses standen. „Setz dich, Erich. Du kommst gerade recht. Jetzt hab ich endlich einen Grund, eine Pause zu machen.“

Die beiden ließen sich nieder.

„Möchtest du einen Brennnesseltee?“

Rottmann lehnte dankend ab.

„Jetzt erzähl mal, Erich, wie ist es dir ergangen? Du bist doch auch schon ein paar Jahre in Pension. Was treibst du denn so den ganzen Tag?“

Rottmann war klar, dass er nicht umhinkam, ein bisschen zu plaudern, bis er auf den Grund seines Besuches kommen konnte. Nachdem die beiden eine gute halbe Stunde lang alte Erinnerungen ausgetauscht hatten, meinte Häußner grinsend: „So, Erich, jetzt hast du mich lange genug unterhalten, um nicht unhöflich zu sein. Jetzt red schon, was hast du auf dem Herzen?“

„Ich hab dir ja gesagt, dass ich hin und wieder kleine Kriminalfälle löse. Die Katze lässt das Mausen einfach nicht. Jetzt habe ich wieder so ein Ding an der Backe. Du wirst dich vielleicht wundern, aber alle Spuren führen nach Retzstadt.“

Thomas Häußner zog die Augenbrauen hoch, unterbrach ihn aber nicht. Sein Blick wurde hellwach.

„Es wäre mir wichtig, dass das, was wir jetzt hier besprechen, unter vier Augen bleibt.“

„Ehrensache“, gab Häußner knapp zurück.

„Hast du hier in Retzstadt schon einmal von einer Bacchus-Bruderschaft oder einer ähnlichen Gruppierung gehört?“ Rottmann beobachtete die Reaktion seines ehemaligen Kollegen genau.

Über Häußners Miene huschte für eine Sekunde ein rätselhafter Zug. Nach kurzem Zögern antwortete er: „Ja, es gibt da mehrere Winzer im Ort, die sich zusammengetan haben und unter der Bezeichnung *Retschter Bacchus-Bruderschaft* Retzstadter Wein und Weinprodukte auf den Markt bringen.“

„Was verstehen die unter Weinprodukten? Tresterschnaps und so?“, wollte Rottmann wissen.

Häußner setzte sich aufrecht hin. Auf seinem Gesicht war Verärgerung abzulesen.

„Diese Herrschaften rennen jedem Trend hinterher, um alle möglichen unsinnigen Produkte unter die Leute zu bringen. Lauter moderner Schnickschnack, der mit einer ernsten Auseinandersetzung mit der Natur und dem Wein als einem Geschenk der Götter an uns Menschen nichts zu tun hat."

Rottmann bemerkte, dass dieses Thema Häußner sehr erregte. „Die Menschen sind so blöde. Sie lassen sich mit jeder spinnerten Idee das Geld aus der Tasche ziehen. Geld, nur Geld! Es gab schon einmal ein Volk, die Römer, die, auf dem Höhepunkt ihrer Dekadenz angekommen, die Götter missachteten und untergingen. Wir in unserer Welt sind auf demselben Weg in den gesellschaftlichen Verfall.

Mich verlachen sie, weil ich nicht mitmache. Ich habe viele Arzneien aus Heilpflanzen hergestellt, die bei den verschiedensten Krankheiten helfen. Vor Jahren habe ich die Aufzeichnungen eines Arztes aus dem 17. Jahrhundert gefunden. Er war der Leibarzt des Fürstbischofs Julius Echter. Er heilte ebenfalls mit der Kraft der Natur. Sie haben ihn als Hexer auf den Scheiterhaufen geschickt. Die Menschheit war schon immer dumm. Ich brauche keine Bäder im Weinlaub oder heiße Steine, um zu heilen. Scharlatanerie! Ich nutze die Gaben der Natur, die uns immer wieder unvorstellbare Geschenke macht."

Plötzlich wurde er sich offenbar seiner Erregung bewusst und fuhr sich mit der Hand über das Gesicht. Sekunden später hatte Häußner sich wieder im Griff. „Erich, lassen wir es gut sein. Ich rege mich sonst nur auf. Wenn du einen von dieser sogenannten Bacchus-Bruderschaft sprechen willst, dann wende dich an den Ludwig Maurer hier im Dorf. Der macht für diese verdammte Bande die ganze Werbung."

Rottmann spürte, dass Häußner das Gespräch beenden wollte. Er bedankte sich bei seinem ehemaligen Kollegen für die Auskunft, dann erhob er sich und verabschiedete sich. Häußners Abschiedsworte fielen sehr distanziert und kühl aus. Rottmanns Erkundigung nach den *Bacchus-Brüdern* schien ihn verärgert zu haben. Rottmann verließ den Garten. Bei einem letzten Blick zurück sah er, dass Häußner immer noch stocksteif auf der Bank saß, seinen Blick auf einen unbestimmten Punkt am Horizont gerichtet.

Rottmann startete den Motor und fuhr los. Sein Exkollege hatte sich sehr verändert. Seine Haltung mutete fast schon sektiererisch an. Diese Rede von den erzürnten Göttern gab Rottmann zu denken. Er runzelte die Stirn. Ihm war der lodernde Blick Häußners nicht entgangen. Seine Rede hatte fanatische Züge getragen. Konnte es sein, dass der Verstand seines Exkollegen gelitten hatte? Sollte Häußner in den Fall verwickelt sein? Er schüttelte den Kopf. Das konnte er sich nun wirklich nicht vorstellen.

Langsam fuhr Rottmann durch den Ort und suchte nach der Adresse dieses Ludwig Maurer, dessen Anschrift Häußner ihm genannt hatte.

Im Garten des Anwesens kniete ein Mann und zupfte Unkraut aus den Beeten. Rottmann fuhr seinen Wagen rechts an den Gehsteig und stieg aus. Maurer betrachtete interessiert den VW-Käfer. Als er sah, dass der Fahrer auf seinen Gartenzaun zukam, erhob er sich und kam ihm entgegen.

„Grüß Gott", grüßte Rottmann und blieb am Gartenzaun stehen. „Sind Sie Herr Maurer?"

„So ist es", erwiderte Maurer freundlich. „Mit wem habe ich das Vergnügen?"

Erich Rottmann nannte seinen Namen, dann erklärte er mit wenigen Sätzen, dass er Maurer gern in einer etwas heiklen Angelegenheit sprechen würde. Maurer musterte Rottmann prüfend, dann wischte er sich die Hände an seiner Arbeitshose ab und öffnete einladend seine Gartentür. „Kommen Sie bitte herein."

„Haben Sie was dagegen, wenn ich meinen Hund mitnehme? Im Auto wird es schnell sehr warm."

„Klar, bringen Sie das Hundchen ruhig mit." Auf den ersten Blick schien Maurer ein freundlicher Zeitgenosse zu sein.

Neben dem Haus befand sich eine Art Veranda, auf der mehrere Gartenmöbel standen.

„Kann ich Ihnen etwas zu trinken anbieten? Wie wäre es mit einem Glas von unserem Retzstadter Wein? Das Hundchen kann sicher ein bisschen Wasser vertragen." Öchsle hechelte tatsächlich heftig.

Rottmann erklärte bedauernd, dass er sich ebenfalls mit Wasser zufriedengeben müsse, da er ja mit dem Auto unterwegs sei.

Maurer versorgte seinen Besucher und Öchsle, dann ließ er sich ihm gegenüber auf einem Stuhl nieder und sah Rottmann fragend an. „Was kann ich für Sie tun?"

Rottmann nahm einen Schluck, dann fiel er gleich mit der Tür ins Haus. Überraschungsangriffe brachten oftmals die besten Ergebnisse. „Wenn ich richtig informiert bin, gehören Sie zu der sogenannten *Retschter Bacchus-Bruderschaft*?"

Maurer sah sein Gegenüber erstaunt an, dann entgegnete er kurz, aber nicht zurückhaltend: „Das ist richtig."

„Ich bin pensionierter Kriminalbeamter", erklärte Rottmann, „und befasse mich in meiner Freizeit mit kleineren Ermittlungen. Hier bin ich heute im Auftrag einer ... nennen wir es mal Interessengruppe, die sich, wie Sie, ebenfalls professionell mit Weinvermarktung beschäftigt. Sie sollen hier in Retzstadt angeblich ein Produkt herstellen, an dem meine Auftraggeber Interesse haben."

Maurer hatte während Rottmanns Ausführungen langsam die Augenbrauen hochgezogen. Seine anfängliche Freundlichkeit wich einer Distanz, die sich in erster Linie durch seine Körpersprache ausdrückte: Er verschränkte die Arme vor der Brust und lehnte sich im Gartensessel zurück.

„Nun sind in den letzten Tagen einige Dinge geschehen, die meinen Auftraggebern, gelinde gesagt, große Sorgen bereiten. Sie stehen vor der Entscheidung, ob sie die Polizei einschalten sollen. Das würde natürlich in der ganzen Region einen gewaltigen Wirbel auslösen. Ich bin nun von ihnen beauftragt worden, herauszufinden, ob Ihre Bacchus-Bruderschaft etwas mit diesen Vorkommnissen zu tun hat." Rottmann verstummte.

Maurer kniff die Augen zusammen. Auf seiner Stirn bildete sich eine steile Falte. Man konnte sehen, wie es dahinter arbeitete. Schließlich fragte er zögernd: „Können Sie mir sagen, um was für Vorkommnisse es sich handelt?"

Rottmann überlegte angestrengt. Schließlich hatte er eine Entscheidung getroffen. Wenn der Mann vor ihm in diese Verschwörung eingebunden war, dann konnte er ihm wahrscheinlich sowieso nichts Neues erzählen. Wenn nicht ... na ja, das würde sich jetzt herausstellen. Rottmann hatte in der Vernehmung jahrzehntelange Erfahrung. Man konnte erkennen, wenn ein Mensch log. Er sah Maurer direkt an, dann erwiderte er: „Da ist zum Beispiel ein Angestellter des Bürgerspitals auf sehr mysteriöse Art und Weise ums Leben gekommen."

Maurers Reaktion zeigte Rottmann, dass der Mann wusste, wovon er sprach. Das hatte aber nichts zu bedeuten, da diese Sache ja überall in den Zeitungen gestanden hatte. Rottmann fuhr fort: „Später haben die drei großen Weingüter in Würzburg einen Erpresserbrief erhalten, in dem sie aufgefordert werden, ihre Finger von einem Produkt zu lassen, das Sie hier in Retzstadt herstellen."

Rottmann machte eine kleine Pause, um seinem Gegenüber Zeit zu geben, das Gehörte zu verarbeiten. Nach ein paar Atemzügen fuhr er fort: „Es wäre sehr gut, wenn Sie mir zu diesen Vorfällen etwas sagen könnten. Interessieren würde mich auch, was es mit diesem geheimnisvollen Stoff auf sich hat."

Man konnte sehen, wie es in Maurer arbeitete. Statt einer Antwort stand er jedoch plötzlich auf. „Warten Sie bitte einen Moment. Ich bin gleich wieder da.“ Mit diesen Worten verschwand er im Haus.

Es dauerte nur wenige Minuten, dann kam Maurer wieder zurück. In seiner Hand hielt er einen Umschlag, den er Rottmann übergab. „Lesen Sie“, sagte er nur knapp.

Verwundert zog der Exkommissar ein Blatt Papier heraus und las den kurzen Text. Fragend sah er Maurer an. Dieser erläuterte: „Die *Bacchus-Brüder* waren in ihren Anfängen eine lustige Gemeinschaft, so etwas wie ein Stammtisch von Winzern und Weinkennern aus unserem Dorf. Mit der Zeit hat ein Teil der Mitglieder die wirtschaftlichen Möglichkeiten einer Marke *Bacchus-Bruderschaft* erkannt. Wir kamen auf die Idee, unsere Weine gemeinschaftlich unter dieser Marke zu bewerben. Wir haben dann mit verschiedenen Weinprodukten herumexperimentiert, beispielsweise aus Traubenkernen Mehl hergestellt und Fladenbrot gebacken. Es war ein ausgesprochener Zufall, dass wir dabei in einem unserer Weinberge einen Stoff entdeckt haben, der bei richtiger Anwendung eine ganz besondere Wirkung hat. Sie werden es nicht glauben, aber er wirkt … wie soll ich sagen … wie eine Art Jungbrunnen. Bitte haben Sie Verständnis dafür, dass ich keine Einzelheiten nenne, weil wir mit der Erforschung noch nicht am Ende sind und zahlreiche Konkurrenten, die gerüchteweise davon gehört haben, Begehrlichkeiten entwickeln.“

Rottmann sah sein Gegenüber zweifelnd an. Als alter Realist hatte der Exkommissar mit derartigen Wundermitteln nicht viel am Hut.

„Meine Auftraggeber haben ein ähnliches Drohschreiben bekommen“, erklärte Rottmann. Es muss also noch eine weitere Partei geben, die ein Interesse an diesem Mittel hat.“

Maurer zögerte einen Moment, dann fuhr er fort: „Was ich jetzt sage, müssen Sie bitte vertraulich behandeln. Vielleicht tue ich jetzt jemandem sehr unrecht, aber sei's drum … Einige Mitglieder der ursprünglichen *Bacchus-Brüder* waren mit dieser Entwicklung der Gemeinschaft überhaupt nicht einverstanden. Ihr Anführer ist Thomas Häußner, ein merkwürdiger Typ aus dem Dorf. Meines Erachtens ist der Kerl verrückt. Er und ein paar seiner Anhänger spalteten sich von uns ab und zogen sich in den alten Hof vor dem Dorf zurück. Sie glauben, dass diese Göttergabe, wie sie es nennen, nur den echten *Bacchus-Brüdern*, also ihnen, vorbehalten ist. Das Ganze hat meines Erachtens fast schon die Ausmaße sektiererischen Denkens angenommen." Er schöpfte kurz Atem und trank einen Schluck.

Rottmann wartete geduldig, da er das Gefühl hatte, hier unvermutet auf eine heiße Spur gestoßen zu sein. Die Erwähnung von Thomas Häußner in diesem Zusammenhang ließ ihn aufhorchen.

„Der besagte Weinberg, von dem ich gesprochen habe, gehörte einem gewissen Axel Fuller. Fuller stand beiden Bacchus-Brüderschaften nahe. Er hatte sich nicht entschieden, ob er das Mittel aus seinem Weinberg für die Vermarktung freigeben sollte oder nicht. Vor ein paar Tagen ist Fuller bei einem schweren Verkehrsunfall ums Leben gekommen. Es war Fahrerflucht im Spiel. Nach diesem Drohbrief glauben wir allerdings, dass der Unfall kein Zufall war." Maurer machte eine Pause.

„Wir haben in den letzten Wochen deutliche Signale erhalten, dass die Konkurrenz in der Stadt sich für unseren Weinberg interessiert. Vor wenigen Tagen haben wir einen Mann dabei erwischt, wie er versucht hat, dort einen Rebstock auszugraben. Wir haben ihn betrunken gemacht und dabei erfahren, dass er im Bürgerspital arbeitet."

Rottmann setzte sich ruckartig auf. „Der Tote war hier in Retzstadt?"

Maurer winkte ab. „Wir haben ihn bestimmt nicht umgebracht und im Glockenspiel aufgehängt. Wir haben ihn nach Würzburg zurückgefahren, ihn auf eine Parkbank gesetzt und sind dann gegangen. Was danach passiert ist, können wir nicht sagen."

„Haben Sie sich schon bei der Polizei gemeldet? Sie müssen in der Sache unbedingt eine Aussage machen! Falls nicht, machen Sie sich strafbar!"

Maurer nickte. „Dieser Drohbrief hier hat mich bis jetzt davon abgehalten. Es sieht so aus, als wären die Täter zu allem bereit. Das Schreiben da hat vor zwei Tagen ein unbekannter Mann auf einem Motorrad bei meiner Frau abgegeben."

Das Wort „Motorrad" machte Rottmann hellhörig. Er legte die Nachricht auf den Tisch zurück. „Diese Formulierungen und die in dem Brief an die Weingüter sind sich im Stil sehr ähnlich. Es sieht fast so aus, als wären der oder die Absender identisch."

„Wenn Sie sowieso in dieser Sache Nachforschungen betreiben, könnten Sie da nicht auch für uns nach dem Urheber dieses Schreibens forschen? Vielleicht klären sich dadurch beide Fälle." Maurer sah ihn bittend an.

Rottmann atmete tief durch. Langsam entwickelte sich dieser Fall zu einem Mammutauftrag. Auf der anderen Seite war er sich sicher, dass es hier einen Zusammenhang gab.

„Also gut", sagte Rottmann. „Ich werde mal sehen, was ich machen kann." Rottmann kam noch ein Gedanke. „Wissen Sie, wer Fullers Weinberg erbt?"

„Axel hat sich dazu nie eindeutig geäußert. Soweit wir seinen Andeutungen entnehmen konnten, wollte er in seinem Testament bestimmen, dass der Weinbauverein Retzstadt den

Wengert bekommen soll." Bei diesem Satz blickte er nachdenklich zu Boden. „Der Bürgermeister hat angeordnet, dass eine Abordnung der Gemeinde Fullers Haus nach einem Testament durchsuchen soll. Fuller hat alleine gelebt. Wahrscheinlich muss man auch das Nachlassgericht einschalten."

Erich Rottmann hatte genug erfahren. Er bedankte sich für die offenen Worte und sagte Maurer Diskretion zu. Nachdem er ihn noch einmal nachdrücklich aufgefordert hatte, mit seinem Wissen zur Polizei zu gehen, verabschiedete er sich von dem Mann und stieg in seinen Wagen. Er hatte hier zwar jede Menge Informationen erhalten, aber letztendlich warfen sie mehr Fragen auf, als sie Antworten gaben.

Langsam fuhr er durchs Dorf in Richtung Retzbach. Wegen der Wärme hatte er beide Seitenfenster geöffnet. Öchsle saß ausnahmsweise auf dem Beifahrersitz und ließ sich mit geöffnetem Maul und weit heraushängender Zunge genüsslich den Fahrtwind um die Ohren wehen. Nachdem der Exkommissar das Ortsschild hinter sich gelassen hatte, betrachtete er aufmerksam die Gegend beiderseits der Straße. Wenn er Maurer richtig verstanden hatte, musste ganz in der Nähe das alte Anwesen sein, wo die abgespalteten *Bacchus-Brüder* ihren Versammlungsort hatten. Wenig später entdeckte er es, teilweise verborgen hinter Bäumen und Büschen, in einer Senke links von der Straße. Kurzentschlossen lenkte der Exkommissar seinen VW rechts in einen Feldweg. Als Rottmann um die erste Kurve rollte, musste er plötzlich so heftig auf die Bremse treten, dass Öchsle in den Fußraum purzelte. Direkt vor ihm stand der Geländewagen, den Roswitha Stark am Abend zuvor gefahren hatte. Das Kennzeichen hatte er sich eingeprägt. Da gab es keinen Zweifel!

Rottmann überlegte kurz, dann stellte er den Motor aus. Er öffnete die Klappe des kleinen Ablagefachs seines Wagens und fuhr mit der Hand hinein. Einen Moment später hielt er ein kleines Fernglas in der Hand, das er immer im Auto liegen hatte, und stieg mit Öchsle aus.

Nachdem der Exkommissar sein Fahrzeug abgeschlossen hatte, folgte er dem Feldweg, der steil in die Weinberge hinaufführte. Bei dieser Gelegenheit stellte er schwitzend fest, dass seiner Karriere als Bergziege enge Grenzen gesetzt waren. Innerlich grinsend überlegte er, dass jetzt ein Schluck von diesem „Jungbrunnen“ sicher hilfreich gewesen wäre. Öchsle mit seinem „Vierradantrieb“ hatte es da wesentlich leichter.

Zwanzig Minuten später hatten die beiden einen Weinbergsweg erreicht, von dem aus man einen guten Blick auf das Anwesen im Tal hatte. Rottmann ließ sich auf einem Stein nieder und führte das Fernglas an die Augen. Mit zehnfacher Vergrößerung konnte der ehemalige Kriminalbeamte alle Einzelheiten gut erkennen. Auf den ersten Blick schien das Anwesen verlassen zu sein. Alle Fenster und Türen waren geschlossen. Sein kundiges Auge hatte allerdings sehr schnell die Außenkameras entdeckt, mit denen ein großer Bereich des Grundstücks kontrolliert werden konnte. Warum um alles in der Welt benötigten Thomas Häußner und seine *Bacchus-Brüder* derartige Schutzvorrichtungen, wenn sie nichts zu verbergen hatten? Warum hatte ihm Häußner nichts davon erzählt? Jetzt hätte Rottmann gerne eine Pfeife geraucht, da er dann besser nachdenken konnte. Leider lag sie unten im Wagen.

„Öchsle, ich glaube, da stinkt einiges gewaltig zum Himmel“, brummte er und der Rüde pflichtete ihm mit Schwanzwedeln bei. Der Exkommissar war sich mit einem Mal sicher, dass dort unten in dem Haus Elvira und Roswitha festgehalten wurden. Aus welchem Grund war ihm allerdings schleierhaft.

Rottmann ließ das Glas sinken und überlegte. Allein etwas zu unternehmen wäre Unsinn gewesen. Er glaubte auch nicht, dass beider Leben akut bedroht war. Wenn Häußner die beiden umbringen wollte, dann hätte er das einfacher haben können.

Rottmann verließ seinen Ausguck und eilte zum Auto zurück. Bergab ging das wesentlich schneller als umgekehrt. Er würde noch heute handeln, das war klar. Dazu brauchte er aber einen Plan. Wenig später knatterte sein VW Käfer in Richtung Würzburg.

Während der Fahrt warf Rottmann einen Blick auf seine Armbanduhr. Es blieb noch Zeit, um Öchsle am Main einen Auslauf zu gönnen. Der Exkommissar verließ bei Veitshöchheim die B 27 und suchte sich einen Parkplatz am Main. Kaum hatte Öchsle das Wasser gesehen, stürzte er sich auch schon in die Fluten. Nachdem sich der Vierbeiner abgekühlt hatte, beschloss Rottmann, sich auch einen kühlen Schluck zu gönnen.

Ein Stück mainabwärts war ein kleiner Biergarten. Außer ihm waren nur zwei weitere Gäste da, die ihn allerdings nicht störten. Da er noch Auto fahren musste, bestellte er sich eine große Weinschorle. Jetzt fand er Ruhe, seine Gedanken zu sammeln: Wenn Fuller absichtlich totgefahren worden war, dann hatte man ihn mit Sicherheit obduziert. Vielleicht hatte man bei der Untersuchung etwas Interessantes festgestellt. Rottmann überlegte nicht lange und wählte mit seinem Mobiltelefon die Handynummer von seinem Spezi Meyer, der in der Rechtsmedizin als Obduktionsassistent arbeitete. Meyer war dort, das konnte man ohne Übertreibung sagen, von allen am besten informiert.

„Grüß dich, Erich, du hast Glück, dass du mich noch erwischt hast. Ich wollte heute früher gehen." Meyer hatte Rottmanns Nummer sofort erkannt. „Erich, wo drückt der Schuh?"

„Ihr habt doch vor kurzem einen Verkehrsunfall aus Retzstadt unter dem Messer gehabt. Einen Axel Fuller, stimmt's?"

Es gab eine kleine Pause, dann erwiderte Meyer. „Sag mal, seit wann interessierst du dich für Verkehrsopfer?"

„Wie ich gehört habe, ist er unter merkwürdigen Umständen zu Tode gekommen. Manche munkeln, dass er mit Absicht totgefahren wurde. Ich betreibe da ein paar Nachforschungen und es würde mich interessieren, ob an dieser Vermutung was dran ist."

Wenn Rottmann um eine Auskunft bat, fragte Meyer schon lange nicht mehr nach den Hintergründen. Dass der Exkommissar seine Nase ständig in alle möglichen Fälle steckte, war ihm hinreichend bekannt.

„Ob der Fahrer absichtlich den Mann zusammengefahren hat, kann ich natürlich nicht sagen, jedenfalls hat er ihn mit voller Wucht von der Seite erwischt. Da war im Brustbereich so gut wie jeder Knochen gebrochen. Leider auch das Genick. Er hat bestimmt nicht mehr viel gespürt. Dabei hätte der Mann in Anbetracht seiner körperlichen Verfassung noch locker zwanzig bis dreißig Jahre leben können."

Rottmann stutzte. „Warum betonst du das so?"

„Nun, wie soll ich das sagen ... Der Zustand seiner Körperzellen stand im krassen Gegensatz zu seinem Alter."

„Jetzt red schon und lass dir nicht alles einzeln aus der Nase ziehen!"

Meyer atmete mehrmals durch, dann entgegnete er: „Darüber möchte ich am Telefon nicht sprechen. Wie gesagt, ich wollte gerade nach Hause gehen. Wenn du willst, können wir uns noch auf einen Schoppen treffen."

Erich Rottmann kannte dieses Ritual nur zu gut. Immer wenn er Meyer eine Information entlocken wollte, ließ dieser sich gern auf einen Schoppen einladen.

„Im Prinzip nichts dagegen einzuwenden", gab Rottmann zurück. „Ich bin nur leider im Augenblick mit dem Auto unterwegs, außerdem habe ich wenig Zeit. Wenn du damit einverstanden bist, hole ich dich in zwanzig Minuten vor dem Institut ab. Wir können uns ja kurz im Auto unterhalten. Den Schoppen holen wir nach. Versprochen!"

Meyer war einverstanden.

Nachdem der Sektionsassistent zugestiegen war, fuhr Rottmann in Richtung Versbach. Kurze Zeit später lenkte er seinen Wagen in eine Seitenstraße am Schwarzenberg und parkte am Straßenrand.

„Also, schieß los!", forderte Rottmann seinen Kumpel auf.

„Ich hatte vor kurzem Dienst im Sekretariat und habe dabei versehentlich einen Brief aufgemacht, der von einer russischen Pharmafirma war und der an einen unserer Pathologen gerichtet war. Du wirst sicher verstehen, dass ich keine Namen nennen kann."

Rottmann sah Meyer von der Seite an und nickte. An eine versehentliche Brieföffnung glaubte er keine Sekunde lang.

„Na ja, unser Pathologe hat Proben der Zellen von Fuller an diese Pharmafirma geschickt. Ein sehr ungewöhnlicher Vorgang. Aber offenbar hat er dort einen Bekannten. Der hat festgestellt, dass es sich bei dem Toten um eine Art Naturwunder handelte. Ich bin ja kein Chemiker, aber so viel habe ich schon verstanden: Die Zellen von dem Mann enthielten eine Substanz, die eine eindeutig zellerneuernde Wirkung hat. Der Tote muss zu Lebzeiten etwas eingenommen haben, das wie ein Jungbrunnen auf die Zellen wirkte. So eine Art Viagra für den Zellaufbau des gesamten Körpers. Die Russen haben diese Entdeckung für so sensationell gehalten, dass sie weitere Gewebeproben von der Leiche und Proben des Mageninhalts angefordert haben. Außerdem wollten sie Hintergrundinformationen über den Toten haben. Das ist erst ein paar Tage her. Seitdem habe ich nichts mehr mitbekommen. Ich könnte mir aber vorstellen, dass unser Pathologe den Wünschen des Pharmaunternehmens nachgekommen ist." Er griff in seine Brusttasche. „Hier, lies. Das ist der Bericht, den die Russen an unseren Pathologen geschickt haben." Er übergab Rottmann die Fotokopien, die er gemacht hatte.

Rottmann las konzentriert. Die Ausführungen waren sehr wissenschaftlich, trotzdem verstand der Exkommissar das Wesentliche. Als er fertig war, gab er die Blätter zurück und stellte beeindruckt fest: „Lass mich mal laut denken: Wenn jemand das Patent auf diesen Stoff hätte, wäre das doch sicher ein riesiges Geschäft!"

„Das kannst du laut sagen", entgegnete Meyer. „Stell Dir mal vor: Alle unsere älteren Herrschaften würden diesen Stoff zu sich nehmen. Der Alterungsprozess würde aufgehalten oder gar ein Stück weit rückgängig gemacht. Die Ärzte und Krankenhäuser hätten weniger Patienten, die Krankenkassen geringere Ausgaben. Die Pharmaindustrie und die Apotheken würden den großen Reibach machen."

„Wahnsinn!", stellte Rottmann fest. „Jetzt wird mir klar, welch irres Potential in dieser Sache steckt."

Meyer zuckte mit den Schultern. „Das stimmt, da wird sicher mit harten Bandagen gekämpft. Finanziell ist das ein hochinteressanter Markt."

Rottmann schwieg einen Augenblick nachdenklich, dann kam er auf ein anderes Thema zu sprechen: „Was mich noch brennend interessiert: An was genau ist denn der Tote im Glockenspiel gestorben?"

„Der ist ganz schlicht an seinem eigenen Erbrochenen erstickt", gab Meyer zurück. „Er hatte eine solche Menge von Alkohol im Blut, das hätte für eine ganze Betriebsfeier gereicht."

Erich Rottmann bedankte sich bei Meyer und brachte seinen Informanten zur nächsten Bushaltestelle, dann fuhr er nach Hause. Die Angelegenheit nahm Formen an, die jeden Rahmen sprengten.

Zuhause angekommen, setzte sich Rottmann auf seine Couch, schenkte sich einen Silvaner ein und brachte seine Pfeife in Gang.

Elvira Stark hatte jegliches Zeitgefühl verloren. Die anfangs stechenden Schmerzen in ihren gefesselten Gliedern hatten sich durch die mittlerweile eingetretene Taubheit in eine Art dumpfe Agonie verwandelt. Immer wieder fielen ihr die Augen zu, doch an einen richtigen Schlaf war nicht zu denken, weil die kantige Oberseite der Lehne des Stuhl, an den sie gefesselt war, schmerzlich in ihre Stirn schnitt.

Immer wieder überlegte sie, was es mit diesem Axel Fuller auf sich hatte. Sie kannte niemanden dieses Namens. Sie machte sich Sorgen um Roswitha. Ihre Kerkermeister hatten ihre Nichte anscheinend auch in ihrer Gewalt. Warum kamen die Kerle nicht, um sie weiter zu befragen? Seitdem die beiden den Keller verlassen hatten, schien ihr eine Ewigkeit vergangen. Sie hatte brennenden Durst, außerdem musste sie auf die Toilette. Sie hatte schon mehrfach gerufen, aber es war keine Reaktion erfolgt. Was, wenn sich die Kerle aus dem Staub gemacht hatten und sie hier einfach verrotten ließen? Sie dachte an Erich Rottmann. Hoffentlich hatte Erich das Armband gefunden. Erich war clever! Er würde sie finden.

Ihr Kopf fiel zur Seite. Sie war ohnmächtig geworden.

Der hochgewachsene, schlanke Mann stand in der Mitte des kleinen, schlicht eingerichteten Sakralraums, den er sich in seinem Haus eingerichtet hatte. Er diente der täglichen Meditation. Häußner trug seine leichte weiße Toga, die an den Rändern mit roten Weinlaubranken bestickt war. Seine rechte Hand lag locker auf dem Haupt einer aus weißem Marmor gehauenen, etwa einen halben Meter hohen Statue des jungen Gottes Bacchus.

Seine andere Hand strich sanft über ein aufgeschlagenes großes, dickes Buch, dessen hohes Alter ihm anzusehen war. Die Seiten trugen handschriftliche Eintragungen, die schon stark verblasst waren. Es handelte sich um die Aufzeichnungen des Medicus Freiherr Gunther von Wolfenstein. Es war purer Zufall gewesen, dass er dieses wertvolle bibliophile Kleinod auf einem Flohmarkt hatte erstehen können. Der Verkäufer hatte keine Ahnung gehabt, welchen Schatz er da anbot. Die Figur des Leibarztes des Fürstbischofs hatte ihn schon lange interessiert, da dieser ebenfalls ein Kundiger der Heilpflanzen gewesen war. Er hatte nachgeforscht und von dem tragischen Ende des Freiherrn erfahren. Intensiv hatte Häußner dessen Aufzeichnungen studiert. Dadurch war er auch auf die Heilmethoden mit den Traubenkernen gekommen. Es dauerte einige Zeit, bis er sich sicher war, dass der Arzt des Fürstbischofs hier in den Weinbergen um Retzstadt die Traubenkerne geerntet hatte, mit denen er den hohen Herrn behandelt hatte. Vermutlich hatte er bei der Behandlung völlig falschen Wein genommen. Anscheinend gingen die Experimente aber nicht immer schief. Wahrscheinlich probierte er irgendwelche zu dieser Zeit zur Verfügung stehenden Weinsorten aus und erzielte dabei durch Zufall mal gute, mal schlechte Ergebnisse.

Dabei wäre alles gar nicht so schwierig gewesen. Hätte er das Mehl der Kerne aus den Trauben dieses besonderen Weinbergs gemahlen und später dann nur in den Wein, der seinerzeit dort wuchs, eingerührt, wäre seinem Herrn wohl nichts geschehen.

Nach dieser Erkenntnis hatte Häußner den Boden des Weinbergs untersuchen lassen. Die Untersuchungen hatten ergeben, dass auf dem Terrain des kleinen Weinbergs – und nur hier – schon seit ewigen Zeiten ein Pilz wuchs, der mit den Wurzeln der Weinstöcke eine Symbiose einging. Die an ein Wunder grenzende Wirkung des Kernpulvers trat nur dann ein, wenn man es in Wein einrührte, der direkt aus den Trauben dieses Weinbergs oder aus züchterisch verwandten Trauben hergestellt worden war. Auf dem besagten Wengert wuchs Müller-Thurgau. Die Elternreben von Müller-Thurgau sind Riesling und Silvaner. Bacchus war besonders günstig, da diese Rebe aus der Kreuzung zwischen Silvaner und Riesling und dieses Ergebnis mit Müller-Thurgau gekreuzt entstanden war.

Häußner hatte auch heimlich Rebstöcke ausgegraben und versetzt. In anderen Weinbergen wuchs zwar der Wein, aber der Pilz starb ab und die besondere Wirkung blieb aus.

Für ihn gab es nur eine Erklärung: Rührte man das Pulver aus diesen besonderen Traubenkernen in ein Glas der genannten Weinsorten, wurde auf unerklärliche Weise die Erinnerung des Weins an seine Herkunft geweckt und die belebende Wirkung des Pilzes trat ein. Trotz aller wissenschaftlicher Erklärungsversuchen blieb es letztlich ein unerklärliches Wunder und ein Geschenk des Gottes Bacchus an die Menschen! Ein Vermächtnis, das man nicht durch Geldgier entweihen durfte!

Der Mann beugte sich vor. Vor der Gestalt des Weingottes stand eine flache Schale, in der glimmender Weihrauch einen intensiven Geruch verbreitete. Thomas Häußner hatte die Augen geschlossen und schien tief in Gedanken versunken. Nachdem er eine Weile bewegungslos meditiert hatte, griff er nach dem gefüllten Weinglas, das neben der Figur stand, und nahm einen großen Schluck. Der Bacchus hatte die erwartete prickelnd-frische Note. Das Pulver, das er in den Wein gegeben hatte, war geschmacksneutral und störte nicht. Genüsslich ließ er den edlen Tropfen auf der Zunge wirken, dann schluckte er langsam. Schon nach wenigen Minuten verspürte er die belebende Wirkung. Dankbar nahm er einen weiteren Schluck. Als das Glas geleert war, schritt er gemächlich zu einer flachen Liege und ließ sich darauf nieder. Er streckte sich aus und schloss die Augen. Die Gottesgabe brauchte einige Zeit, ehe sie ihre volle Wirkung entfaltete.

Im Liegen kamen ihm die Gedanken: Leider hatte er in den letzten Tagen feststellen müssen, dass seine Warnungen von den Betroffenen nicht verstanden wurden. Die missbräuchliche Nutzung der Gottesgabe wurde von ihnen weiterverfolgt. Es war an der Zeit, deutlichere Botschaften zu senden. Die Menschen, die vorgaben, zum Nutzen ihrer Mitmenschen zu handeln, sprachen die Unwahrheit. Sie hatten nur ihren persönlichen Vorteil im Sinn! Es blieb ihm nichts anderes übrig, als den Götterboten erneut tätig werden zu lassen. Für eine gute Sache mussten auch Opfer gebracht werden. Manchmal auch blutige Opfer. Vielleicht würden die Menschen dann zur Vernunft kommen.

Als er nun die Wirkung des Gottesgeschenks voll zu spüren bekam, erschien ein seliges Lächeln auf seinem Gesicht.

Rottmann überlegte fieberhaft, wie er die Sache anpacken sollte. Die einfachste Lösung wäre, Florian Deichler zu verständigen. Der könnte dann die ganze Polizei alarmieren und das Gebäude in Retzstadt stürmen lassen. Was aber, wenn sich seine Vermutungen als falsch erwiesen und die beiden Vermissten dort nicht eingesperrt waren? Er konnte sich das Gesicht seines Amtsnachfolgers Krämer sehr gut vorstellen. Es würde ihm mit Sicherheit eine Genugtuung sein, vor die Presse zu treten und Rottmann in aller Öffentlichkeit für diesen Fehlschlag verantwortlich zu machen. Und Florian Deichler würde ebenfalls gewaltigen Ärger bekommen. Er sah keinen anderen Weg, als selbst eine Aktion zu starten.

Häußner war kein Dummkopf. Diese Kameras waren nicht umsonst installiert worden. Erich Rottmann ging seine Kumpels in Gedanken durch. Eigentlich kam nur sein Stammtischbruder Xaver Marschmann in Frage. Der ehemalige Kollege war lange Jahre als verdeckter Ermittler eingesetzt gewesen. Rottmann konnte die Option Florian Deichler ja im Hinterkopf behalten.

Rottmann stand auf und schnappte sich sein Telefon. Die Nummer von Xaver Marschmann hatte er gespeichert. Es läutete nur ein Mal, dann ging Marschmann an den Apparat.

„Hier ist Erich“, meldete sich Rottmann kurz. „Es gibt ein Problem, bei dem ich deine Hilfe brauche. Kannst du bei mir vorbeikommen?“

Marschmann fragte nicht lange. An der Stimme seines

Stammtischbruders erkannte er, dass es sich um eine ernste Angelegenheit handeln musste. Er machte sich sofort auf den Weg.

Rottmann kam nicht umhin, Marschmann einzuweihen. Dieser bekam große Augen, als er die Bedeutung der Ermittlungsergebnisse seines Stammtischbruders erkannte.

„… und dieses Zeug soll wirklich verjüngend wirken?", wollte er schließlich wissen.

Rottmann machte eine wegwerfende Handbewegung. „Das ist doch vollkommen egal. Ausschlaggebend ist, dass es Leute gibt, die denken, es wäre so, und hier schon das große Geld wittern. Das ist das, was diese *Bacchus-Brüder* offenbar unter allen Umständen verhindern wollen. Wenn die Kerle wirklich hinter der Sache stecken, haben sie wahrscheinlich auch diesen Fuller auf dem Gewissen. Wir müssen also davon ausgehen, dass diese Burschen vor nichts zurückschrecken. Sollten sie Elvira und Roswitha tatsächlich in ihren Händen haben, dann bestimmt, um sie als Druckmittel zu verwenden."

Marschmann ballte die Fäuste. „Erich, auf mich kannst du zählen. Das ist fast wie in alten Zeiten. Es wäre doch gelacht, wenn wir alte Spezialisten hier nicht reinen Tisch machen könnten."

Rottmann hob beschwichtigend die Hand. „Langsam, Xaver, wir können dort nicht reinstürmen wie das Sondereinsatzkommando. Hier ist Fingerspitzengefühl gefragt. Allerdings ist es kein Fehler, wenn wir sicherheitshalber Waffen mitnehmen."

Marschmann nickte. „Ich habe immer noch einen Revolver zuhause. Für alle Fälle. Es könnte ja sein, dass sich einer meiner alten Kunden an mich erinnert und sich bei mir auf unangenehme Weise bedanken will." Er lachte keckernd.

„Ich habe auch eine im Schrank", gab Rottmann kurz zurück. „Besser ist aber Pfefferspray. Hast du noch welches zuhause? Schusswaffen sind wirklich das allerletzte Mittel."

„Ich glaube, ich habe noch eine Dose mit dem Zeug im Schrank stehen", gab Marschmann zurück. „Aber ich weiß nicht, ob es noch wirkt. Bestimmt ist das Verfallsdatum schon lange abgelaufen."

Sie besprachen noch einiges, dann verließ Marschmann Rottmanns Wohnung, um sich fertig zu machen. In zwei Stunden wollte er wieder bei Rottmann sein. Vor Einbruch der Dunkelheit war sowieso nicht an einen Einsatz zu denken.

Auch Erich Rottmann machte sich Gedanken über seine Ausrüstung. Schon nach kurzer Zeit war er sich sicher, dass seine praktische Alltagskleidung für jeden Einsatz tauglich war. Breitcord und Loden, eine unschlagbare Mischung.

Öchsle würde er auf jeden Fall mitnehmen. Der Rüde konnte ihn vor Gefahren warnen.

Rottmann ging in sein Schlafzimmer, wo er in einem Schuhkarton seinen kleinen Derringer aufbewahrte. Ein doppelläufiger, unscheinbarer Revolver, allerdings mit einem ordentlichen Kaliber. Er passte ohne Probleme in seine Handfläche hinein. Keine Waffe mit hohem Trefferpotential, aber laut und auf kurze Entfernung beeindruckend wirksam. Seiner Ausrüstung fügte er noch eine Taschenlampe und ein paar Kabelbinder hinzu. Man konnte nie wissen.

Als er alles beisammenhatte, ließ er sich in seinen Sessel fallen und griff zum Telefon. Der Anruf, den er nun tätigen musste, würde nicht einfach sein. Aber er war unbedingt notwendig.

Sicherheitshalber wählte er Florian Deichlers Handynummer. Er wollte vermeiden, dass dessen Chef den Anruf mitbekam. Es dauerte nur wenige Klingeltöne, dann war Deichler am Apparat.

„Erich, was gibt's?", fragte er. Deichler hatte Rottmanns Nummer gleich erkannt.

„Florian, kannst du sprechen oder ist Krämer in der Nähe?"

„Kein Problem. Krämer ist außer Haus." Er klang angespannt, denn die Umstände des Anrufs deuteten darauf hin, dass Rottmann wieder etwas im Schilde führte. Meist bedeutete das Ärger. Er lauschte.

„Florian, jetzt hör mir einfach zu, ohne mich zu unterbrechen. Ich muss dich um einen Gefallen bitten. Es ist mir klar, dass dir das, was ich dir jetzt sage, nicht gefallen wird. Trotzdem … Also, ich werde heute Nacht einen Einsatz starten, bei dem es brenzlig werden könnte. Es geht um die Sache mit diesem Rispanovic. Da steckt viel mehr dahinter, als man auf den ersten Blick meinen könnte. Es haben sich in diesem Zusammenhang schlimme Dinge ereignet. Elvira und ihre Nichte Roswitha wurden entführt."

Deichler, der allein in seinem Büro saß, verschlug es die Sprache. Was ihm sein ehemaliger Chef da am Telefon in knappen Sätzen beizubringen versuchte, war schlicht unglaublich! Jeden anderen hätte Deichler für verrückt erklärt.

„Ich weiß, was du jetzt denkst, Florian, aber ich habe mir alles genau überlegt. Du kennst mich, ich bin nicht leichtsinnig. Jetzt meine Bitte: Wenn du bis Mitternacht nichts von mir hörst, dann alarmier das Sondereinsatzkommando und stürm das einzeln gelegene Gehöft in Retzstadt. Es ist das erste Anwesen auf der rechten Seite, wenn du von Retzbach kommst, in einer Senke, nach einer Reihe von Fischteichen. Hast du verstanden?"

Deichler standen Schweißperlen auf der Stirn. War der Alte noch bei Verstand? Er konnte doch nicht aufs Geratewohl ein Haus stürmen lassen!

„Erich …"

„Junge, vertrau mir. Wahrscheinlich ist das alles gar nicht nötig. Aber sicher ist sicher. Ich verlass mich auf dich!"

Rottmann hatte das Gespräch beendet.

Florian Deichler legte das Handy zur Seite. Er hatte Rottmann schon bei vielen Aktionen unterstützt, die sich am Rande der Legalität bewegt hatten. Aber das ging wirklich zu weit! Aber was sollte er machen? Er konnte doch seinen ehemaligen Chef nicht hängen lassen! Jetzt konnte er nur noch hoffen, dass der Ernstfall nicht eintrat und er der Bitte von Erich Rottmann nicht nachkommen musste. Wie sollte er das bloß Krämer erklären?

Rottmann lehnte sich zurück. Das war geschafft. Er wusste, auch wenn Deichler jetzt wütend auf ihn war, konnte er sich im Ernstfall auf ihn verlassen.

Der Exkommissar erhob sich und ging in die Küche. Erfahrungsgemäß war es zweckmäßig, sich vor einem Einsatz erst einmal zu stärken. Man wusste ja nie, wann man wieder feste Nahrung zu sich nehmen konnte. Das Gleiche galt natürlich für Öchsle. Rottmann ging in die Speisekammer und füllte den Napf des Rüden. Öchsle wunderte sich zwar über den ungewöhnlichen Zeitpunkt der Fütterung, ließ es sich aber schmecken.

Rottmann studierte den Inhalt seines Kühlschranks, dann holte er eine Bratpfanne aus dem Schrank. Wenig später erfüllte die Wohnung ein Wohlgeruch nach Gebratenem.

Nach dem Essen gönnte sich Rottmann noch ein Nickerchen. Die Nacht konnte lang werden.

Als Xaver Marschmann bei Rottmann läutete, war die Sonne dem Horizont bereits sehr nahe gekommen.

„Alles klar?“, fragte Marschmann, als er eintrat und Öchsle zur Begrüßung über den Kopf streichelte. Er trug eine enge schwarze Jeans und ein dunkles T-Shirt. Darüber eine ebenfalls schwarze Lederjacke. Am Gürtel trug er in einer Art kleinem Köcher griffbereit das Pfefferspray, dahinter war das Holster mit dem Revolver zu erkennen. Marschmann machte auf Rottmann einen ausgesprochen unternehmungslustigen Eindruck. Fast hatte er das Gefühl, der ehemalige Ermittler freue sich auf den Einsatz.

„Hier, ich habe uns noch zwei Stirnlampen mitgebracht", erklärte Marschmann und reichte Rottmann eine Lampe.

„Prima", gab Rottmann zurück. „Ich besitze leider so ein Teil nicht." Er steckte die Lampe in die Joppentasche, dann nickte er. „Von mir aus kann's losgehen." Statt der üblichen Bruyère hatte Rottmann den geladenen Derringer eingesteckt. Zum Pfeiferauchen würde er wohl in den nächsten Stunden sowieso nicht kommen.

So viel wie in den letzten Tagen hatte Erich Rottmann seinen VW Käfer schon seit Monaten nicht mehr bewegt. Er war richtig stolz auf das alte Gefährt, als der Motor sofort nach dem Drehen des Zündschlüssels mit dem üblichen knatternden Ton ansprang. Öchsle hatte es sich zu Xaver Marschmanns Füßen bequem gemacht. Rottmann wollte zeitig vor Ort sein, so dass er seinen Stammtischbruder noch vor Einbruch der Dunkelheit in die Umgebung und seinen Plan einweihen konnte.

Während Marschmann mit dem Fernglas vor Augen die Umgebung des Gebäudes erforschte, erklärte ihm Rottmann das geplante Vorgehen. „Wir müssen erst einmal feststellen, ob jemand im Haus ist. Wenn es ganz dunkel geworden ist, gehen wir gemeinsam los. Wir müssen uns gegenseitig Deckung geben. Wenn wir vom Wald kommen und gleich nach den Büschen dort vorn nach rechts gehen und die Wiese überqueren, dürften wir uns außerhalb der Kameras bewegen. Siehst du dort die Scheune? Das Tor ist offen. Meines Erachtens ist das eine Falle. Wenn die überall Kameras aufhängen, dann werden sie nicht eine Tür aufstehen lassen, durch die man einfach so reinspazieren kann."

Marschmann nickte. „Ich würde es von der Rückseite her versuchen. Die Fenster sind anscheinend nicht besonders gesichert."

„Das denke ich auch", stimmte Rottmann zu. „Vermutlich müssen wir in den Keller runter."

Als sie alles besprochen hatten, warteten sie den Einbruch der Dunkelheit ab. Öchsle ließ sich nieder, legte den Kopf auf die Vorderpfoten und entspannte sich. Rottmann beneidete ihn. Sein vierbeiniger Begleiter hatte wirklich die Ruhe weg.

Zwanzig Minuten vor 23 Uhr bewegten sich die beiden Männer und der Hund auf demselben Feldweg am Grundstück entlang, den auch Roswitha Stark am Abend zuvor gegangen war. Für einen Beobachter sahen die beiden älteren Herren aus, als würden sie mit ihrem Hund einen kleinen Spaziergang machen. Allerdings hätte ihn die Uhrzeit stutzig gemacht.

„Jetzt bräuchten wir die Nachtsichtgeräte, die wir früher bei solchen Einsätzen immer trugen", erklärte Marschmann halblaut.

Rottmann gab nur ein zustimmendes Brummen von sich. Was sollte er auch sagen? Einen gewissen Ausgleich für dieses Manko bildete Öchsle. Er hielt sich immer dicht bei seinem Menschen und hatte alle Antennen auf Empfang gestellt. Er würde Gefahr sofort anzeigen.

„Ich denke, hier ist die Stelle, an der wir zum Haus abschwenken müssen", sagte Rottmann irgendwann halblaut. „Am besten laufen wir hintereinander, dann müssen wir uns nicht beide mit den Büschen rumschlagen." Er hatte den Satz kaum zu Ende gesprochen, als er auch schon in die Sträucher eindrang. Marschmann hielt sich dicht hinter ihm. Für ihn war es ganz komfortabel, da Erich Rottmann eindeutig die größere Verdrängung hatte.

Die beiden Expolizisten hätten niemals gedacht, dass Brombeersträucher so anhänglich sein konnten. Zudem stürzten sich, durch den Schweiß der beiden Männer angelockt, ganze Stechmückengeschwader auf sie. Öchsle, der in der untersten Ebene marschieren musste, bekam es in erster Linie mit Brennnesseln und Kletten zu tun. Nachdem sie ungefähr fünfzehn Meter zurückgelegt hatten, wurde der Bewuchs lichter.

„Ich glaube, wir haben es gleich", flüsterte Rottmann. Tatsächlich wurde das Dunkel von einem leichten Dämmerlicht abgelöst, das vom sternenklaren Himmel herrührte, der jetzt über ihnen sichtbar wurde.

„Verdammt", knurrte Marschmann, „ich hätte mir Handschuhe anziehen sollen. Diese Dornen haben mir die ganzen Hände zerkratzt."

„Weinen kannst du später", gab Rottmann kurz zurück und sicherte aufmerksam nach allen Seiten. Öchsle tat es ihm gleich.

„Über den Zaun und dann an der Rückseite des Hauses entlang", kommandierte Rottmann knapp und machte sich auf den Weg. Die Kletterarbeit am Zaun brachte ihn ganz schön außer Puste. Marschmann, der größer und wesentlich schlanker war, beschleunigte kaum seinen Atem.

An der hinteren Seite des Gebäudes befanden sich im Parterre mehrere Fenster, die alle geschlossen waren. Zum Glück lagerten unter einem der Fenster mehrere aufeinandergestapelte Paletten. „Besser geht's nicht", freute sich Marschmann und machte sich daran, den Stapel zu erklimmen. Oben angekommen, wartete er auf Rottmann, der zuerst Öchsle hinaufhob.

„Wenn wir das Fenster einschlagen, machen wir zu viel Lärm."

„Lass mal den Profi ran", brummte Marschmann und holte eine Rolle Leukoplast heraus. Er riss mehrere Streifen ab und klebte sie nebeneinander auf die Scheibe, gleich neben dem Griff. „Mal sehen, ob's noch klappt", murmelte Marschmann, holte seine Schusswaffe heraus und schlug kurz, aber hart mit dem Lauf gegen das Leukoplast. Es gab zwar ein knirschendes Geräusch, als das Glas brach, aber es fielen keine Scherben zu Boden. Rottmann nickte anerkennend.

Marschmann zog die Klebestreifen mit den Scherben ab. Vorsichtig griff er dann in die Öffnung und drehte den Griff. Das Fenster ließ sich geräuschlos nach innen öffnen. Da es in dem dahinterliegenden Raum ruhig blieb, holte Marschmann die Stirnlampe hervor und leuchte kurz in das Zimmer. „Kaum Möbel. Sieht unbewohnt aus", gab er nach hinten weiter. „Ich geh mal rein."

Ohne Rottmanns Zustimmung abzuwarten, öffnete Marschmann beide Fensterflügel und stieg über das Fensterbrett. Sekunden später stand er im Raum. „Alles klar!", flüsterte er.

Rottmann reichte Öchsle durch das Fenster, dann zwängte auch er sich hindurch.

„Holzboden", stellte Rottmann nach dem ersten Schritt fest. „Pass auf, das knarrt."

Sie öffneten die Tür des Raumes. Es war stockdunkel dahinter. Beide lauschten. Es war kein Geräusch im Haus zu hören. Nachdem auch Öchsle keine Warnung abgab, machte Marschmann wieder vorsichtig die Stirnlampe an, behielt sie aber in der Hand und deckte den Lichtstrahl mit der Handfläche so weit ab, dass lediglich ein Orientierungsschein blieb.

„Lass uns runter in den Keller gehen", flüsterte Erich Rottmann. Sie befanden sich in einer Art Flur, von dem zahlreiche Türen abgingen. In der Mitte war eine breite Holzstiege zu erkennen, die nach unten führte.

Rottmann griff in die Tasche, um sich zu vergewissern, dass sein Derringer noch da war. Hier in der Finsternis war ihm doch etwas mulmig zumute. Aber das Haus schien leer zu sein. Sie schlichen die Treppe hinunter und standen vor einer primitiven Brettertür.

„Der Keller!“, hauchte Marschmann und drückte die Türklinke. Die aufschwingende Tür gab ein leises Ächzen von sich.

„Los, runter!“, kommandierte Rottmann. „Jetzt oder nie!“ Auch er schaltete seine Stirnlampe ein und dämpfte sie mit der Hand.

Die beiden stiegen hinab und befanden sich in einem Raum mit einem Boden aus gestampftem Lehm. Auch von hier gingen verschiedene Türen ab.

Plötzlich gab Öchsle einen leisen, fiependen Laut von sich und eilte schnurstracks auf eine der Kellertüren zu.

„Komm, Öchsle weiß, wo es langgeht“, sagte Rottmann heiser und zog die Waffe aus der Tasche. Auch Marschmann zückte den Revolver. Sie verständigten sich mit einem Blick und rannten fast mit dem Kopf gegen die Tür, die abgeschlossen war.

„Scheiße!“, entfuhr es Rottmann. Da hörte er von drinnen eine leise Stimme: „Hilfe! Ist da wer?“

„Das ist Elvira“, triumphierte Rottmann und überlegte, wie er die Tür öffnen könnte. Ohne Krach würde es nicht gehen. Wenn sich im Haus doch jemand aufhielt, würde derjenige es unweigerlich hören.

„Lass mich mal“, erklärte Xaver Marschmann und beugte sich zum Schloss herunter. „Schaun wir mal, ob ich es noch kann.“

Er hatte einen Dietrich in der Hand, von dem auch Rottmann ein Exemplar zuhause hatte – aber eben zuhause.

Es dauerte nur zwei Minuten, dann hatte Marschmann das einfache Kastenschloss geknackt. Im Schein der Lampen erkannten sie Elvira Stark, die noch immer rittlings auf einem Stuhl gefesselt saß.

„Warte, gleich bist du frei“, sagte Rottmann und wollte auf die Gefangene zueilen. In diesem Augenblick ertönte eine harte männliche Stimme und die beiden wurden von einem starken Handscheinwerfer geblendet.

„Guten Abend, meine Herren! Lassen Sie bitte die Waffen fallen, ich habe eine Schrotflinte auf Sie gerichtet.“

Rottmann und Marschmann zögerten kurz, dann bückten sie sich und legten widerwillig ihre Waffen auf den Boden.

Öchsle stand in der Mitte des Raumes, hatte die Zähne gefletscht und knurrte böse.

„Pfeifen Sie den Pinscher zurück“, sagte die Stimme. „Sonst bekommt er die Schrotladung als Erster ab.“

„Öchsle, hierher“, versuchte Rottmann den Rüden zu besänftigen. „Schön brav sein.“ In solchen Situationen war Öchsle unberechenbar. Sein Knurren wurde immer lauter.

Der Lichtstrahl wurde ein Stück zu Boden gerichtet, so dass Rottmann und Marschmann nicht mehr so stark geblendet wurden. Hinter der Lampe erschienen die Konturen eines Mannes. Er machte einen Schritt in den Raum. Tatsächlich hielt er in der rechten Hand eine Schrotflinte, deren Lauf er auf den linken Unterarm aufgelegt hatte. Die Lampe hatte er in der linken Hand. Über dem Gesicht trug er eine silberfarbene Maske.

Zentimeterweise hatte sich Rottmann von Elvira entfernt, so dass er aus Sicht des Mannes in der linken Ecke des Raumes stand. Marschmann hatte ebenfalls einige Schritte zur anderen Seite gemacht. So konnte der Mann nicht mehr beide auf einmal treffen.

„Hinlegen!“, kommandierte da der Bewaffnete und machte eine entsprechende Bewegung mit dem Gewehrlauf.

Als Rottmann gerade überlegte, wie er an seinen Derringer kommen sollte, um den Mann außer Gefecht zu setzen, bemerkte er hinter diesem eine Bewegung. Es gab einen dumpfen

Laut, dann sank der Mann ächzend zu Boden. Die Waffe rutschte ihm aus der Hand und der Schein der heruntergefallenen Lampe streifte den Boden.

Roswitha Stark trat durch die Tür und warf dem niedergeschlagenen Mann einen verächtlichen Blick zu. Sie ließ das herausgerissene Stuhlbein, mit dem sie ihn außer Gefecht gesetzt hatte, zu Boden fallen und meinte: „Vielleicht könnte einer der Herren so freundlich sein und diesem Burschen die Hände zusammenbinden. Ich fürchte, die Narkose wird nicht lange anhalten. Er kann sehr unangenehm werden."

Dann näherte sie sich ihrer Tante Elvira und begann, deren Fesseln zu lösen.

Erich Rottmann erwachte als Erster aus seiner Lähmung. Er ging zu dem Hingestreckten, kniete bei ihm nieder und zog ihm den Gürtel aus den Hosenschlaufen. „Los, halt mal fest", forderte er Marschmann auf. Sie banden seine Füße zusammen. Mit Rottmanns Kabelbinder fesselten sie seine Hände. Marschmann hob die Schrotflinte auf, öffnete den Verschluss und zog die beiden Patronen heraus.

In der Zwischenzeit hatte Roswitha Elvira befreit. Elvira rieb sich die Handgelenke und kam näher.

„Gott, bin ich froh, dass ihr gekommen seid", sagte sie dankbar. Ihre Stimme klang ein bisschen wackelig, was Rottmann zeigte, wie sehr Elvira die Gefangenschaft mitgenommen hatte.

„Wie kommst du denn hierher?", fragte sie dann erstaunt ihre Nichte.

„Ich war im Keller nebenan eingesperrt", erklärte sie beiläufig und gab dem Bewusstlosen einen Stoß mit ihrem Fuß. „Es hat mich einige Arbeit gekostet, meine Fesseln loszuwerden. Zum Glück habe ich es gerade noch rechtzeitig geschafft. Dieser Kerl wollte mich noch heute in die Mangel nehmen, weil er bei dir nicht weitergekommen ist."

Elvira Stark sah ihre Nichte verständnislos an. „Womit weitergekommen? Ich verstehe kein Wort. Was wollten die beiden von mir, er und dieser andere Typ mit der bronzefarbenen Maske."

Rottmann trat einen Schritt vor. „Ist hier noch einer im Haus?"

Marschmann bückte sich und hob den Handscheinwerfer und die beiden Schusswaffen auf. Er reichte Rottmann seinen Derringer, dann meinte er: „Vielleicht ist es besser, wenn wir jetzt die Polizei verständigen."

In diesem Augenblick begann Öchsle wieder zu knurren. Der Mann am Boden begann sich zu rühren.

„Xaver, du hast recht", gab Rottmann nach einem Blick auf seine Armbanduhr zurück. „Wenn ich nicht Bescheid gebe, kommt bald die ganze Kavallerie hier angerückt." Er zog das Handy aus der Tasche und warf einen Blick auf das Display, dann stellte er fest: „Ich habe hier keinen Empfang. Ich geh mal rauf."

Während Marschmann und Roswitha den langsam wieder zu sich kommenden Mann auf den Stuhl hoben, auf dem Elvira Stark gesessen hatte, und ihn mit den Bändern darauf festzurrten, stieg Rottmann die Treppe hinauf. Öchsle blieb ihm dicht auf den Fersen. Als Erich Rottmann ins Freie trat und gerade die Kurzwahl von Florian Deichler wählen wollte, hörte er von der Straße her ein Geräusch. Von dort führte, wie er von seinen Beobachtungen her wusste, ein geschotterter Weg zum Haus. Rottmann presste sich kauernd gegen die Hauswand und drückte Öchsle an sich. „Schön still sein", flüsterte er seinem Hund ins Ohr. Öchsle zitterte vor Erregung.

Im Sternenschein konnte Rottmann einen Mann auf einem Fahrrad erkennen, der auf das Haus zukam, abstieg und das Rad gegen die Wand lehnte.

„Hallo Thomas", sagte Erich Rottmann, erhob sich und trat auf den Mann zu.

Thomas Häußner erstarrte kurz, dann nahm er blitzschnell das Rad und schleuderte es auf Rottmann, der überrumpelt zu Boden ging. Auch Öchsle wurde leicht getroffen. Mit einem Satz warf sich der Rüde gegen das Bein des Mannes und verbiss sich wütend in dessen Hose.

Ehe Rottmann sich aufrappeln konnte, stürmte Häußner davon und zerrte den Rüden mit. Nach wenigen Metern riss der Stoff seiner Hose und Öchsle fiel zu Boden. Rottmann stieß einen schrillen Pfiff aus, woraufhin der Rüde widerstrebend zu ihm zurückkehrte. Der Exkommissar wollte auf keinen Fall, dass Häußner seinem vierbeinigen Freund etwas antat. Für den Anführer der *Bacchus-Brüder* würde er sich später Zeit nehmen.

Rottmann tätigte endlich den beabsichtigten Anruf. Eine Dreiviertelstunde später kam Florian Deichler mit zwei Streifenwagen im Schlepptau auf den Hof gefahren.

Erich Rottmann schilderte ihm in wenigen Sätzen, was geschehen war, dann eilte er davon. „Du findest alle im Keller. Ich bin bald wieder hier", rief er zurück.

Florian Deichler sah ihm nur kopfschüttelnd hinterher. Dann ging er mit den Beamten ins Haus.

Thomas Häußner blickte vom Weinbergshang hinunter auf das alte Gebäude, in dem die *Bacchus-Brüder* in den letzten Jahren zusammengekommen waren. Die Scheinwerfer der Polizeifahrzeuge erleuchteten den Hof so hell, dass man die Menschen herumlaufen sehen konnte. Er beobachtete, wie sein treuer Helfer Roland in Handschellen in einen Polizeiwagen geschoben wurde. Da waren auch die beiden Frauen, die an dem ganzen Unglück schuld waren. Er hätte Roland befehlen sollen, sie zu beseitigen.

Häußner wusste, dass die Polizei bei Tagesanbruch beginnen würde, nach ihm zu fahnden. Roland würde ihnen sicher nicht sagen, wo er zu finden war. Er hatte schon länger mit ihm besprochen, was er machen würde, wenn das Geschenk des Bacchus drohte, in fremde, unwürdige Hände zu fallen. Während er die Geschäftigkeit der Menschen dort unten betrachtete, stahl sich ein höhnisches Lächeln auf sein Gesicht. Als ehemaliger Polizist wusste er, was ihm bevorstand, wenn er festgenommen würde. Seine Welt war die Natur. In einer engen Gefängniszelle würde er eingehen. Bestenfalls steckten sie ihn in eine Nervenheilanstalt, weil diese Kleingeister sich nicht vorstellen konnten, dass er die Wahrheit sagte. Er hatte getan, was er dachte tun zu müssen, um ein Geheimnis zu bewahren. Nun würde er auch die Konsequenzen tragen.

Häußner drehte sich um und lief, nach einem kurzen Blick zurück, durch die Rebzeilen ein Stück den Weinberg hinauf. Dort befand sich ein kleines, halb verfallenes Weinbergshäuschen. Er hatte den Schlüssel für das Vorhängeschloss und öffnete es. Sofort kam ihm der Geruch von Benzin entgegen.

Sein großes Vorbild, der Leibarzt des Fürstbischofs, war damals von den Menschen seiner Zeit nicht verstanden worden und auf dem Scheiterhaufen gelandet. Auch er, Häußner, und seine Botschaft waren von seinen Mitmenschen verkannt worden. Parallelen des Schicksals! In jeder Hand einen großen Kanister mit Benzin, mühte er sich weiter den Berg hinauf. Der Weinberg des Bacchus, wie er ihn immer genannt hatte, war nur wenige hundert Meter entfernt.

Dort angekommen, schraubte Häußner die Kanister auf und begann, die Reben mit Benzin zu begießen. Die Arbeit war beschwerlich und der Gestank nahm ihm den Atem. Das Benzin reichte nicht für alle Reihen, aber immerhin konnte er damit so viel zerstören, dass sich eine kommerzielle Nutzung nicht mehr rentieren würde. Als er fertig war, griff er in seine Hosentasche und holte Streichhölzer heraus. Es war ihm eine Ehre, es seinem Vorbild gleichzutun. Mit einer schnellen Bewegung riss er das Streichholz an und warf es gegen die Reben. Das Benzin explodierte mit einer hohen bläulichen Stichflamme und das Feuer raste der Benzinspur folgend die Reihen hinauf.

Plötzlich fühlte er sich wie von einer Ramme getroffen und stürzte zur Seite, weg von den Flammen. In der Zwischenzeit hatten alle mit Brandbeschleuniger getränkten Pflanzen Feuer gefangen. Der halbe Weinberg brannte lichterloh!

„Du Vollidiot!", brüllte Erich Rottmann, der ihm gefolgt war, gegen das Tosen der Flammen an und zerrte seinen ehemaligen Kollegen aus dem Weinberg. Als sich Häußner zu wehren begann, ließ sich Rottmann auf ihn fallen und drückte ihn zu Boden. Öchsle, der, sicher wie ein Fährtenhund den flüchtigen Häußner aufgespürt hatte, stand böse knurrend neben dessen Gesicht. Hastig zog Rottmann sein Handy heraus und rief Deichler an.

„Florian, ich habe Häußner im Weinberg gefunden. Der Verrückte hat die Reben angezündet. Schick mir bitte ein paar Leute und vor allen Dingen die Feuerwehr herauf. Der Feuerschein ist ja nicht zu übersehen."

Die Feuerwehr konnte den Brand löschen, allerdings war gut die Hälfte des Weinbergs verbrannt. Für den Weinbauverein Retzstadt ein herber Schlag, da die Ausbeute an Traubenkernen kaum für eine kommerzielle Vermarktung des Wundermittels reichen würde. Thomas Häußner hatte sein Ziel erreicht.

Die aus ihrer Gefangenschaft befreiten Frauen hatten die Vorgänge im Weinberg vom Hof aus verfolgt. Während sie warteten, trat Elvira zu Roswitha.

„Roswitha, ich glaube, du kannst mir sagen, warum wir hierher entführt wurden."

Roswitha sah sie eine Weile an, dann entgegnete sie: „Ich denke, ja." Sie räusperte sich. „In Kurzform: Es geht um diesen brennenden Weinberg dort oben. Aus seinen Trauben kann man ein Produkt gewinnen, das eine medizinische Revolution bedeuten würde."

„Ja, und was hat das mit mir zu tun?"

„Der Eigentümer des Weinbergs, ein gewisser Axel Fuller, ist vor kurzem gewaltsam ums Leben gekommen." Sie zögerte kurz, dann fuhr sie fort: „Man hat bei ihm kein Testament gefunden. Vielleicht gab es keines, es könnte aber auch ... abhandengekommen sein." Sie räusperte sich. „Jedenfalls tritt dadurch die gesetzliche Erbfolge ein. Meine Nachforschungen haben ergeben, dass du die einzige Erbin bist. Das haben Häußner und seine Helfer auch gewusst und dich vermutlich deshalb entführt. Wahrscheinlich wollten sie erreichen, dass du ihnen den Weinberg überschreibst."

Elvira war fassungslos. Schließlich stammelte sie: „Aber ... aber ich kenne keinen Axel Fuller."

„Das macht nichts", gab Roswitha zurück. „Du bist über eine Seitenlinie mit ihm verwandt."

Elvira sah Roswitha in einem ganz anderen Licht. Plötzlich war sie ihr fremd. „Wieso weißt du das alles? Warum hast du dich überhaupt dafür interessiert? Ich denke, du arbeitest in einer Nachtbar?"

„Viele Fragen", erwiderte Roswitha lächelnd. „Leider kann ich sie dir jetzt nicht beantworten. Vielleicht später einmal. Ich muss jetzt gehen. Ich habe dort drüben mein Auto stehen."

Sie winkte den Anwesenden kurz zu, dann verschwand sie in der Nacht und ließ eine völlig verwirrte Elvira Stark zurück.

Roswitha setzte sich in den abgestellten Geländewagen, den sie sich von der Nachtbar *Wellness-Tempel*, an der sie beteiligt war, ausgeliehen hatte. Sie fuhr in die Stadt zurück und zog sich in das kleine Büro der Bar zurück. Von dort führte sie ein längeres Gespräch mit ihrem Auftraggeber, dem Direktor des russischen Pharmaunternehmens Здоровье для всех. Sie erstattete ihm eingehend Bericht über die Ereignisse der vergangenen Stunden. Der Mann hörte ihr geduldig zu, dann gab er ihr einige Anweisungen.

Er selbst stellte sich nach dem Gespräch ans Fenster seiner Suite im Hotel Steinburg und blickte auf die zahlreichen Lichter von Würzburg hinab. Er hatte diese Stadt immer gemocht. Seine Entscheidung war schnell getroffen.

Roswitha Stark setzte sich an den Schreibtisch und schrieb ihrer Tante einen Brief. Sie versuchte, ihr die Beweggründe ihres Handelns zu erläutern. Sie eröffnete ihr, dass sie schon seit Jahren für das Pharmaunternehmen Здоровье для всех arbeitete und als Scout in deutschsprachigen Ländern eingesetzt wurde. Sie entschuldigte sich bei Elvira Stark für die Unannehmlichkeiten, die sie ihr bereitet hatte, und verabschiedete sich – nicht ohne ihr zu versprechen, irgendwann einmal wiederzukommen. Dann zog sie sich um und nahm ein Bündel Bargeld aus dem Tresor, welches sie in ihrer Handtasche verschwinden ließ.

Wenig später ließ sich Roswitha Stark von einem Mitarbeiter der Nachtbar mit einem Umweg über die Rosengasse, wo sie den Brief und die Hausschlüssel einwarf, zum Bahnhof fahren. Sie stieg in den nächsten Zug nach Frankfurt, wo schon ihr Flieger wartete, der sie in die Schweiz bringen sollte.

Ihr Auftraggeber hatte großes Interesse an der Übernahme

eines Schweizer Pharmaunternehmens und sie sollte die entsprechenden Möglichkeiten auskundschaften. Als sie vier Stunden später am Flughafen Bern landete, hatte sie Würzburg und das kleine Problem mit dem Wunderweinberg schon fast vergessen. Allerdings hatte sie sich vorgenommen, irgendwann zu ihrer Tante zurückzukommen, um sich mit ihr einmal in aller Ruhe über die Vergangenheit auszusprechen.

Roland Bauer – jener Mann, der Elvira Stark entführt hatte – war bei seiner ersten Vernehmung, die Florian Deichler noch in derselben Nacht durchführte, ausgesprochen schweigsam. Stur starrte er vor sich hin und bestätigte lediglich seine Personalien.

Als Deichler ihn allerdings des Mordes an Rispanovic beschuldigte und vorgab, sein Onkel Thomas Häußner habe ihn schwer belastet, wurde er gesprächig. Er gab zu, den Mann in den Turm des Glockenspiels getragen zu haben. Die Schlüssel zum Haus habe dieser bei sich gehabt. Keinesfalls sei es seine Absicht gewesen, den Mann zu töten.

Häußner habe ihn beauftragt, sich etwas einfallen zu lassen, um die großen Weingüter in Würzburg von ihren Nachforschungen bezüglich des Geheimnisses des Fuller'schen Weinbergs abzuschrecken. Durch Zufall habe er mitbekommen, dass die Retzstadter Rispanovic erwischt hatten, als er einen Rebstock aus besagtem Weinberg stehlen wollte. Es sei ihm gelungen, das Verhör mit der Alkoholmethode zu belauschen. Als die Retzstadter Rispanovic nach Würzburg zurückbrachten, sei er ihnen mit dem Auto gefolgt. Als er den willenlosen Rispanovic auf der Bank sitzen sah, sei ihm die Idee mit dem Glockenspiel gekommen. Er habe den Betrunkenen problemlos in sein Fahrzeug gezerrt, auf den Turm getragen und an den Figuren des

Glockenspiels festgebunden. Bauer sei klar gewesen, dass die Entdeckung des Mannes großes Aufsehen erregen würde. Das sei seine Absicht gewesen. Er sei sicher gewesen, dass dies und die Drohbriefe den großen Weingütern die Lust am Herumspionieren in fremden Weinbergen verderben würde. Bauer beteuerte nochmals, dass es nicht seine Absicht gewesen sei, Rispanovic umzubringen.

Eine Woche später nahm das Betrugsdezernat zufällig eine Durchsuchung bei dem Schrotthändler Richard Scheder vor, weil der Verdacht bestand, dass er Fahrzeuge, die eigentlich mit der Abwrackprämie verschrottet werden sollten, in Ostblockstaaten und nach Afrika verschob. Richie schlug den Beamten einen Deal vor. Er könne ihnen Hinweise auf ein Schwerverbrechen geben.

Als die Beamten die Möglichkeit einräumten, beim Richter ein gutes Wort für ihn einzulegen, sang Richie wie ein Vögelchen. So bekam Deichler die ersten Hinweise auf Roland Bauer als Täter in Sachen Axel Fuller.

Nach langwierigen Vernehmungen gab Bauer auch diese Straftat zu. Er stritt jedoch auch in diesem Fall ab, vorsätzlich gehandelt zu haben. Er behauptete, Fuller sei ihm zufällig vor das Fahrzeug gelaufen. Die Verschrottungsaktion habe er durchgeführt, weil er befürchtet habe, der vorsätzlichen Tat beschuldigt zu werden.

Thomas Häußner, der nach dem Feuerlegen im Weinberg wirres Zeug geredet und behauptet hatte, die Reinkarnation des Freiherrn Gunther von Wolfenstein zu sein, und daraufhin ins Bezirkskrankenhaus Lohr eingeliefert worden war, legte ein vollständiges Geständnis ab. Dabei belastete er Roland Bauer schwer.

Kurz danach gab Bauer zu, dass er alles nur gemacht habe, um Fullers Erbin Elvira Stark zu überreden, seinem Onkel den wertvollen Weinberg zu überschreiben.

Ein halbes Jahr später wurde Roland Bauer am Schwurgericht des Landgerichts Würzburg wegen Totschlags und Mordes angeklagt. Das Urteil lautete auf lebenslange Freiheitsstrafe.

Am späten Nachmittag des nächsten Tages verließ Oberbürgermeister Schorsch Thalrose frustriert die Sitzung des Bauausschusses der Stadt Würzburg. Wie immer, wenn es um innovative Entwicklungen für Würzburg ging, hatten die Bürgervertreter schwerste Bedenken. Als sie das erste Mal von dem Vorhaben des russischen Pharmaunternehmens Здоровье для всех gehört hatten, waren alle Feuer und Flamme gewesen. Endlich, so schien es, konnte diese vertrackte Bauruine in der Nähe des Berliner Rings einer sinnvollen Bestimmung zugeführt werden.

Dann, in der zweiten Sitzung, kamen die ersten Bedenkenträger zu Wort: Alles schön und gut, meinten sie, aber solle man bei der Gelegenheit nicht die Auflage machen, den Turm um einige Stockwerke zu kürzen? Andere wiederum meinten: Wirkte dieser Bau dann nicht zu gedrückt? Sollte man nicht vielmehr aufstocken? Zwei Stadträte waren auch der Ansicht, dass man bei dieser Gelegenheit die Glasfassade vollständig ändern solle. Sie hätten gehört, dass die Autofahrer auf der Schweinfurter Straße bei ungünstigem Sonnenstand geblendet wurden. Und dann diese Planungen zur Erweiterung auf das angrenzende Bahngelände! Bedeutete das nicht, dass man Schwierigkeiten bei der zukünftigen Gesamtplanung für die Umgestaltung des Bahnhofs und der angrenzenden Busstation bekommen würde?

Letztlich schlug auch noch die Tatsache negativ zu Buche, dass das Ganze von einem russischen Pharmakonzern durchgeführt werden sollte. Was hatte man nicht alles gehört: Angeblich sollten ja viele russische Unternehmen in den Händen der Mafia sein!

Am Ende der Sitzung waren die Vertreter der verschiedenen Parteien derart zerstritten gewesen, dass sie Sachargumenten der Fachreferenten und des Oberbürgermeisters nicht mehr zugänglich waren. Thalrose hatte am Ende entnervt seinen Kugelschreiber auf seine Unterlagen geworfen und die Sitzung vertagt.

Jetzt war er auf dem Weg in sein Büro, um sich zunächst eine Tasse Kaffee zu gönnen, bevor zu zum nächsten Termin eilen musste. Als ihm seine Sekretärin den Kaffee brachte, überreichte sie ihm ein Fax, das gerade eingegangen war. Thalrose bedankte sich und warf einen Blick auf den Briefkopf. Es handelte sich um Briefpapier des Hotels Steinburg und war auch vom dortigen Faxgerät abgeschickt worden.

„Sehr geehrter Herr Oberbürgermeister“, las Thalrose, *„zu meinem Bedauern muss ich Ihnen mitteilen, dass wir aufgrund nicht vorhersehbarer Entwicklungen in unserem Unternehmen das Projekt ‚Wellness-Tower‘ in Würzburg nicht weiterverfolgen können. Für Ihre Mühe möchte ich mich bei Ihnen ganz herzlich bedanken.*

Mit freundlichen Grüßen

Ihr Dimitri Olgakovic“

Schorsch Thalrose warf die Faxkopie auf einen Stapel Akten, den er heute noch zu bearbeiten hatte, dann ließ er sich langsam in seinen Sessel zurücksinken. Es wäre ja zu schön gewesen, wenn er diese Bauruine in der Schweinfurter Straße endlich losgeworden wäre.

Er nahm einen Schluck. Wenigstens der Kaffee war so, wie er ihn mochte: heiß, schwarz und süß.

Derart im Mittelpunkt zu stehen, war so gar nicht Rottmanns Sache. Der Weinbauverein Retzstadt hatte es sich nicht nehmen lassen, ihm zu Ehren einen großen Empfang in der Kelterhalle der Genossenschaft zu veranstalten. Gerade hatte er mehrere Lobreden über sich ergehen lassen müssen. Als Letzter trat nun Fritz Träubler, der Vorsitzende des Weinbauvereins, ans Mikrofon.

„Lieber Erich Rottmann, was Sie für Retzstadt und seinen Wein getan haben, sucht seinesgleichen. Retzstadt ist in aller Munde. Die Wellnessangebote unseres Dorfes werden regelrecht gestürmt. Wir haben deshalb im Vorstand des Weinbauvereins einstimmig den Beschluss gefasst, Sie, lieber Herr Rottmann, zum Ehrenmitglied unseres Vereins zu ernennen. Mit dieser Ehrenmitgliedschaft ist der jährliche Bezug einer Kiste Wein aus Retzstadt verbunden sowie die kostenlose Nutzung unseres gesamten Wellnessangebots. Selbstverständlich zusammen mit ihrer geschätzten ...", hier strauchelte der Redner kurz, dann fuhr er fort: „... zusammen mit der geschätzten Dame an Ihrer Seite." Er strahlte über das ganze Gesicht, als er auf Rottmann zuging und ihm die Urkunde der Ehrenmitgliedschaft überreichte.

Elvira, die neben Rottmann saß, gab ihm einen leichten Schubs, damit er sich erhob.

Der Abend wurde lang und feuchtfröhlich, was Rottmann den gesamten Klimbim, wie er es nannte, ein wenig versüßte. Elvira freute sich besonders über das zweite Geschenk. Sie hatte sich in Gedanken auch schon einen Plan zurechtgelegt, wie sie diese Wellnessgeschichte in ihrem Sinne gestalten konnte. Im Rahmen der Ermittlungen in Sachen Bacchus-Verschwörung hatte sie von einem gewissen Pülverchen erfahren, welches eine unglaubliche Wirkung auf die männliche Libido haben sollte. Wenn nur die Hälfte stimmte, war das sicher etwas, was sie Rottmann zugute kommen lassen sollte. Selbstverständlich ohne jegliche Hintergedanken!

Zwei Wochen später musste Erich Rottmann am frühen Nachmittag antreten. Elvira hatte schon am Vortag seinen Bademantel und andere diverse Kleidungsstücke in eine Sporttasche gepackt. Ein Umstand, der Rottmanns sowieso schon sehr eingeschränkte Begeisterung für das Geschenk der Retzstadter nochmals erheblich dämpfte. Er mochte es gar nicht, wenn Elvira in seinem Privatleben herumorganisierte. Irgendwie hatte er das Gefühl, dass sie etwas im Schilde führte.

Öchsle beobachtete die Vorbereitungen mit schief gelegtem Kopf. Anscheinend ging sein Mensch wieder einmal auf Reisen. Er zweifelte keine Sekunde daran, dass er dabei sein würde.

Rottmanns VW Käfer fand auch diesmal den Weg nach Retzstadt fast allein. Die Wellnessmanagerin, die Ehefrau von Ludwig Maurer, erwartete die beiden Gäste schon vor dem Ratskeller.

„Herzlich willkommen in Retzstadt“, verkündete sie und reichte ihnen auf einem Tablett ein Glas Franken-Secco. „Wir haben alles bestens für Sie vorbereitet. Hier im Ratskeller ist für Sie ein schönes Zimmer reserviert, falls Sie sich entschließen sollten, nach dem langen Wellnesstag hier zu übernachten.“

Rottmann schmeckte der Secco schlagartig nicht mehr. Er war bereit, dieses ganze Wellnesszeug mitzumachen, weil er die Retzstadter nicht vor den Kopf stoßen wollte, aber übernachten kam überhaupt nicht in Frage! Er konnte Elviras rabenschwarze Gedanken bei diesen Worten erahnen. Seine Vorbehalte behielt er aber im Augenblick für sich. Sie hätten nur zu unnötigen Diskussionen mit Elvira geführt. Manchmal gab sie sich, als wären sie verheiratet. Bei diesem Gedanken lief es Rottmann trotz der angenehmen Temperaturen eiskalt über den Rücken.

„Am besten stellen Sie Ihre Sachen hier in unser Wellnessmobil, dann haben Sie sie immer bei der Hand." Sie wies auf einen schmalen Weinbergstraktor, der einen Ponywagen als Anhänger hatte. Ein junger Mann saß am Steuer und grinste sie freundlich an.

„Sehr einfallsreich", meinte Elvira und machte sich daran aufzusteigen. Rottmann folgte ihr. Öchsle saß mit einem Satz im Fußraum.

„Viel Spaß auf unserem Wellnessparcours!", rief ihnen die Wellnessmanagerin zu, dann fuhr der Traktor los.

Die erste Station war eine Weinbergshütte, in der Rottmann und Elvira von einer jungen Frau und einem jungen Mann erwartet wurden.

„Herzlich willkommen bei der ersten Station unseres Wellnessparcours, der Kernmassage. Ich bin die Sonja und das ist mein Kollege, der Rolf. Zunächst dürfen wir Ihnen unseren Hüttenwein kredenzen, einen kräftigen Müller-Thurgau." Sonja nahm ein Tablett und reichte den Gästen die Gläser. „Kommen Sie doch bitte herein und machen Sie sich frei. Badetücher sind in den Umkleideständen. Nehmen Sie bitte Ihre Bademäntel mit."

Umkleideständе, dachte Rottmann. Klingt nach Pferdestall. Sie betraten die Hütte, die innen mit Holz verkleidet war. Mitten im Raum standen zwei Massageliegen, die Umkleiden befanden sich in der Ecke. Es waren tatsächlich umfunktionierte Unterstände, die einmal Schafen oder Ziegen als Aufenthaltsbereich gedient hatten. Rottmann hatte Mühe, sich das Badetuch vollständig umzulegen, da es für seine gestandene Figur zu knapp bemessen war. Mit angehaltenem Atem gelang es ihm schließlich.

Als Rottmann und Elvira ein wenig schüchtern, nur mit den Badetüchern bekleidet, herauskamen, wurden sie von den beiden dienstbaren Geistern zu den Liegen geleitet, die mit einem Vorhang voneinander getrennt waren. Rottmann atmete auf. Er hatte schon gedacht, er müsse vor Elvira einen Striptease hinlegen. Sonja bediente Erich, Rolf widmete sich Elvira. Auf Wunsch der beiden tauschten die beiden Masseure ihre Positionen.

Öchsle hatte es sich mittlerweile in einer Ecke bequem gemacht.

Nach anfänglicher Verkrampfung genoss Erich Rottmann die Massage. Der junge Mann verstand sein Handwerk vortrefflich. Außerdem bekam Rottmann immer wieder Wein nachgeschenkt, so dass er am Ende der Behandlung äußerst entspannt war.

Nach etwa einer halben Stunde verließen Elvira und Rottmann, in ihre Bademäntel gehüllt, die Hütte und bestiegen das wartende Wellnessmobil.

In gemächlichem Tempo, beschienen von der wohlmeinenden mainfränkischen Sonne, brachte sie das ungewöhnliche Gefährt zur nächsten Station, den heißen Steinen.

Auch hier bekamen sie von einer jungen Frau namens Dorothea einen Hüttenwein gereicht: einen vollmundigen Silvaner. Diese Hütte war ähnlich eingerichtet wie die vorherige. Nachdem sich Elvira und Rottmann mit ihren Bademänteln auf den Liegen niedergelassen hatten, holte Dorothea aus einem kleinen Ofen in der Ecke flache heiße Kalksteine und legte sie auf bestimmte Muskelpartien ihrer Gäste auf. Rottmann hätte nie gedacht, dass sich diese Wärme so angenehm anfühlen würde. Elvira ging es ähnlich. Sie stöhnte vor Wohlbefinden. Dazu der hervorragende Silvaner. Es dauerte nicht lange, dann fühlten sich die beiden, nicht zuletzt wegen des Weins, wie im Himmel.

Die dritte Station bestand aus einem Bad in nassem Weinlaub, betreut von Elke. Nachdem sie dem Hüttenwein, einem kräftigen Spätburgunder, reichlich zugesprochen hatten, flogen Erichs Sorgen über die Weinberge davon. Er hatte nicht einmal etwas dagegen, dass Elvira dicht neben ihm ins Laub gesteckt wurde. Erstaunlicherweise entwickelte das Laub schnell eine wohlige Wärme, die die beiden richtig zum Schwitzen brachte. Der Wein tat seine Wirkung und es dauerte nicht lange und Elvira und Erich waren eingeschlummert. Nach einer halben Stunde wurden sie sanft von Elke geweckt.

Nachdem sie nacheinander hinter einer Schutzwand von Elke mit kaltem Wasser abgespritzt worden waren, fühlten sie sich wie neugeboren.

Nach zwei weiteren Stationen, einer Klangmeditation mit Bacchuswein und einer Fußreflexzonenmassage mit Grauburgunder, ging der Wellnessnachmittag seinem Ende entgegen. Die beiden Kurgäste waren dank der herrlichen Anwendungen und des reichlich genossenen Weins ausgesprochen gut gelaunt. Arm in Arm saßen sie in ihren Bademänteln auf dem Wellnessmobil und schmetterten laut „Hoch auf dem gelben Wagen“ und das Frankenlied. So fuhren sie wieder in Retzstadt ein.

Ihr Chauffeur lieferte sie wohlbehalten am Ratskeller ab, wo sie die Wellnessmanagerin schon erwartete. Lächelnd empfahl sie ihnen, sich umzuziehen, da ja noch die Krönung des Abends, das „Wellnessdinner spezial“, auf sie wartete.

Rottmann saß auf der einen Seite des Doppelbetts und stierte müde vor sich hin, während Elvira im Bad verschwunden war. Öchsle legte seinen Kopf auf das Knie seines Herrchens.

„Össle, Össle", nuschelte Rottmann mit schwerem Zungenschlag, „lange habe isch mich gewehrt, aber einmal kommt die Stunde der Wahrheit." Er erhob sich mühsam und zog sich schwerfällig den Bademantel um den Leib. „Aber jetzt gibt's erst die Henkersmahlzeit!", lallte er und traf nach mehreren Versuchen die Beinöffnung seiner Unterhose. „Erst gibt's die Henkersmahlzeit", brummte er vor sich hin, während er sich fertig anzog.

„Was hast du gesagt?", wollte Elvira wissen, die gerade angezogen aus dem Bad kam. Sie hatte nicht so viel Wein wie Rottmann getrunken und deshalb noch einen klaren Kopf.

„Ach nix", murmelte Rottmann und wandte sich in Richtung Tür. Öchsle folgte ihm.

Elvira hatte sich vorgenommen, es diesmal nicht wieder zu vermasseln. Sie würde Rottmann beim Abendessen nur einen Schoppen genehmigen. Dann war er in zwei Stunden bestimmt wieder fit. Es war klar, dass sie beide heute nicht mehr nach Würzburg zurückfahren würden.

Das Wellnessdinner, auf das sich Rottmann sehr gefreut hatte, trieb ihm regelrecht die Tränen in die Augen. Was hatte es mit Wellness zu tun, wenn man als Vorspeise einen Hauch von Forellenfilet auf drei Salatblättern mit einem Kaffeelöffel Sahnemeerrettich bekam, neben dem die Hälfte der Hälfte eines getoasteten Weißbrots vor Einsamkeit weinte?

Der zweite Gang bestand aus einem Näpfchen Brennnesselsuppe mit dünn geschnittener Gemüseeinlage.

Der Hauptgang war die Krönung der Verzweiflung. Zwei winzige Kartoffeln kuschelten sich an ein Putensteak, das wohl einer Zwergpute entnommen worden war. Daneben versuchten mehrere Babymohrrübchen mit zwei Blumenkohlrosen zumindest halbwegs den Eindruck eines gefüllten Tellers zu vermitteln.

Elvira allerdings war vom Essen begeistert. Rottmann konnte dazu nicht viel sagen, weil es bei der Passage durch den Mund seine Geschmacksknospen kaum berührte.

Die Nachspeise, eine fettreduzierte Weincreme, entlockte seiner Tischdame regelrechte Lobeshymnen auf den Koch.

Rottmann dagegen hatte massive Zweifel, ob er die Nacht überstehen würde. Erschwerend kam hinzu, dass er zum Essen seinen geliebten Silvaner nicht bekommen konnte. Silvaner war aus! Und das in einem fränkischen Ratskeller! Die Alternative war ein kräftiger Spätburgunder, der ihn ein wenig tröstete. Wenigstens der Wein war keine Magerversion.

Tatsächlich führte das ernüchternde Essen dazu, dass der Exkommissar wieder klar bei Sinnen war. Mit dem Realitätsgewinn stieg auch seine Sorge, wie der weitere Abend verlaufen würde.

Als die Natur ihren Tribut forderte und Erich Rottmann die Toilette aufsuchen musste, griff Elvira Stark in ihre Handtasche und holte eine kleine Phiole mit einem gelblichen Pulver heraus. Maurer hatte es ihr mit einem wissenden Lächeln überlassen. Sie sah sich um, ob sie unbeobachtet war, dann schüttete sie die ganze Menge schnell in Rottmanns Spätburgunder und rührte mit einem Löffel um. Sicher war sicher. Viel half viel!“ Maurer hatte ihr versichert, dass die Wirkung bei richtiger Anwendung spätestens nach einer Stunde eintreten würde.

Elviras Augen bekamen einen feuchten Glanz.

Auf dem Weg zur Toilette kam Rottmann an der Küche vorbeikam, aus der ihm durch die offene Tür ein fertiges Schnitzel regelrecht anlachte. Der Koch war nicht zu sehen. Rottmann überlegte nicht lange, schnappte sich eine Serviette und mit ihr das Schnitzel. Während des hastigen Verzehrs besann er sich, dass er wohl gerade einen Mundraub beging. Doch Rottmann tröstete sich dann damit, dass es sich schließlich tatsächlich um einen Notfall handelte, es also gewissermaßen Notwehr war!

Als Rottmann zurückkam, stieß Elvira mit ihm an und trank mit ihm auf den vergangenen schönen Tag. Sie wiederholte dies in auffällig kurzen Abständen, bis Erichs Glas leer war.

Schließlich verkündete Elvira nach einem Blick auf die Uhr: „Erich, ich glaube, ich gehe nach oben. Ich bin nun doch müde. Kommst du mit?“ Sie lächelte ihn an.

‚Falsche Hexe‘, dachte Rottmann bei sich. Eines war klar: Die Hinrichtung rückte näher.

„Ich gehe noch kurz mit Öchsle raus“, erklärte er, „dann komme ich auch.“

„Ach, dann komme ich doch mit“, entgegnete Elvira und erhob sich.

‚Du kommst mir diesmal nicht davon!‘, dachte sie bei sich.

Die beiden verließen mit Öchsle den Ratskeller auf der Suche nach einem Stück Gras, wo sich der Rüde lösen konnte. Da blieb Erich Rottmann urplötzlich stehen, als wäre er gegen eine Wand gelaufen. Er stand da, leicht vorgebeugt, die Hand auf den Bauch gepresst. Seine Augen waren weit aufgerissen, als wollten sie ihm herausfallen.

„Mein Gott, Elvira!“, stöhnte er. „Mir ist auf einmal so komisch!“

„Aber Erich, das macht doch nichts“, flötete sie freudig erregt zurück. Das Mittel schien offenbar kraftvoll zu wirken. Erich Rottmann hörte sie schon nicht mehr. Wie ein Pfeil rannte er zum Ratskeller zurück. Elvira riss die Augen auf. Niemals hätte sie ihm diese Geschwindigkeit zugetraut.

„Komm, Öchsle, wir gehen später noch mal Gassi. Jetzt gibt

es erst mal dringendere Geschäfte!", flüsterte sie dem Rüden zu, der sie verständnislos anblickte.

Dass dieses Pulver eine derart schnelle Wirkung hatte, hätte sie niemals geglaubt. Ebenfalls im Eilschritttempo hastete sie hinter Rottmann her. Noch im Flur knöpfte sie sich die Bluse auf und öffnete den Reißverschluss ihres Rocks. Sie wollte keine Zeit vergeuden. Wahrscheinlich wartete er schon sehnsüchtig auf sie.

Öchsle fiepte leise, dann fügte er sich in sein Schicksal. Mit den Menschen konnte man als Hund schon etwas mitmachen.

Als Elvira im Stechschritt das gemeinsame Zimmer betrat, war es dunkel und Rottmann nicht zu sehen. Allerdings war das Bad besetzt. Die Spülung rauschte. Schnell zog sich Elvira aus, wobei sie ihre Kleidungsstücke achtlos auf den Boden warf, und huschte unter die Bettdecke.

Da hörte sie aus dem Badezimmer stöhnende Geräusche, dann ein hohles Donnern, als würde die Kloschüssel gesprengt. Sofort folgte die Spülung.

Elvira setzte sich im Zeitlupentempo im Bett auf. Sie hatte nicht allzu viele Erfahrungen mit Männern, aber dass man diese Geräusche nicht als Äußerungen wilder Lust bezeichnen konnte, war ihr klar. Um Gottes willen, was war passiert? Von einer solch durchschlagenden Wirkung des Wundermittels hatte ihr Maurer nichts gesagt.

Als Rottmann nach einer Viertelstunde immer noch in regelmäßigen Abständen die Spülung betätigte, fragte sie zaghaft: „Erich, geht es dir gut?"

„Mich zerreißt es!", kam es gequält durch die Badezimmertür, dann folgten wieder unbeschreibliche Geräusche, anschließend die Spülung.

Der melodische Klang des Wasserfalls in der Toilette sollte Elviras nächtlicher Begleiter bleiben. Ihr einziger, um dies zu ergänzen. Wie ein Embryo zusammengerollt lag sie einsam im Bett und durchlebte eine schwere Krise. Erst war sie besorgt, dann wütend, schließlich standen ihr Zornestränen in den Augen. Mit diesem Erich Rottmann war es zum Verzweifeln! Sie konnte machen, was sie wollte, immer wieder schlüpfte er ihr durchs Netz. Warum nur war das Schicksal so grausam zu ihr? Das Rauschen der Klospülung wiegte sie schließlich in einen unruhigen Schlaf.

Erich Rottmann hatte sich als Kriminalbeamter oft die Nächte um die Ohren geschlagen, aber noch niemals mit schweren Leibkrämpfen auf einer Toilette in einem Hotel. Er verfluchte mehrfach jegliche Art von Wellness, das Abendessen und Retzstadt.

Früh am nächsten Morgen verließen die beiden in angespannter Stimmung und ohne Frühstück fluchtartig den Ratskeller. Erich Rottmann mit schmerzverzerrter Miene, Öchsle vollkommen verwirrt und Elvira mit nunmehr schlechtem Gewissen. Schließlich war sie es, die ihm dieses Teufelszeug in den Spätburgunder gerührt hatte. Elvira musste sogar den VW Käfer nach Hause fahren, etwas, was ein gesunder Erich Rottmann nicht einmal seiner Ehefrau gestattet hätte, wenn er denn eine gehabt hätte. Für Elvira nicht unbedingt ein Trost.

Sie konnte nicht wissen, dass Maurer vergessen hatte ihr zu sagen, dass diese Göttergabe nur in Verbindung mit Bacchus, Müller-Thurgau, Riesling oder Silvaner anzuwenden war. Nur dann erwachte die Erinnerung des Traubenkerns und tat seine besondere Wirkung. In anderen Weinen angewandt führte das Mittel fast immer zu schwersten Verdauungsstörungen – eine Eigenschaft, die in früheren Jahrhunderten, wie wir wissen, schon Menschen auf den Scheiterhaufen gebracht hatte. Ein Schicksal, das Elvira Stark zum Glück erspart blieb.

Nach Zwischenstopps an den Tankstellentoiletten in Thüngersheim und Veitshöchheim erreichten sie schließlich die heimische Rosengasse. Rottmann blieb keine Zeit, sich von Elvira zu verabschieden. Er verließ fluchtartig den VW und stürmte mit schmerzverzerrtem Gesicht und Öchsle im Schlepptau die heimische Toilette.

Die *Schoppenfetzer*-Krimis

von Günter Huth aus dem **Buchverlag Peter Hellmund**

Band 1

Der *Schoppenfetzer* und die Silvanerleiche

159 Seiten · Broschur
ISBN 9783980825320

Band 2

Der *Schoppenfetzer* und der Tod des Nachtwächters

167 Seiten · Broschur
ISBN 9783980825344

Band 3

Der *Schoppenfetzer* und das Rotweingrab

156 Seiten · Broschur
ISBN 9783980825368

Band 4

Der *Schoppenfetzer* und das Riesling-Attentat

159 Seiten · Broschur
ISBN 9783980825382

Band 5

Der *Schoppenfetzer* und der Henkerswein

157 Seiten · Broschur
ISBN 9783939103035

Band 6

Der *Schoppenfetzer* und der Messweinfluch

165 Seiten · Broschur
ISBN 9783939103097

Band 7

Der *Schoppenfetzer* und die Weindorftoten

159 Seiten · Broschur
ISBN 9783939103158

Band 8

Der *Schoppenfetzer* und die Bacchus-Verschwörung

157 Seiten · Broschur
ISBN 9783939103226

Die *Schoppenfetzer*-Geschichten

von Günter Huth aus dem **Echter Verlag**

Der *Schoppenfetzer*
und seine
mörderische Weihnacht

110 Seiten · Broschur
ISBN 9783429028138

Der *Schoppenfetzer*
und seine weinfränkischen
Stammtischgschichtli

128 Seiten · Broschur
ISBN 9783429029104

Der *Schoppenfetzer*
und seine weinfränkischen
Kellergschichtli

128 Seiten · Broschur
ISBN 9783429031374

Auch zum Hören – vom Autor gelesen

Der *Schoppenfetzer*
und seine weinfränkischen
Stammtischgschichtli

Audio-CD · 64 min. Spielzeit
ISBN 9783429031398

Der *Schoppenfetzer*
und seine weinfränkischen
Kellergschichtli

Audio-CD · 72 min. Spielzeit
ISBN 9783429031381

www.der-schoppenfetzer.de

Günter Huth
Der *Schoppenfetzer* und die Bacchus-Verschwörung

Gestaltet von Peter Hellmund
Gedruckt und gebunden von Pustet in Regensburg

Lektoriert von Claudia Krug und Monika Thaller

Zweite Auflage 2010
ISBN 978-3-939103-22-6

www.buchverlag.hellmund.de